낯익은
세상

낯익은 세상

황석영
장편소설

문학동네

차례

1

강 건너 들판 끝으로 해가 지고 있었다. 눈을 돌렸다가 다시 바라보면 놀라울 정도로 둥글고 커다란 해가 어느 틈에 아래로 툭 떨어져 있었다. 트럭은 도시 외곽을 지나 강변도로를 달리고 있었는데, 다리가 보이는 곳에서부터 멎었다가 다시 나아가기를 되풀이하더니 앞에서부터 밀리기 시작했다.

아이는 운전석 바로 뒤편의 화물칸 쇠기둥을 붙잡고 전방을 향하여 서 있었기 때문에 강변 쪽과 도로 앞쪽을 살필 수가 있었다. 대도시의 동쪽 구역에서 그는 엄마와 함께 쓰레기 트럭에 올라탔다. 트럭들이 밀렸다가는 천천히 앞으로 나아갔고, 강변도로에서 벗어나 개천보다는 넓은 샛강을 끼고 비포장도로에 들어섰다. 서쪽 하늘의 노을만 남고 주위는 차츰 어두워지고 있는 중이었다. 샛강 건너편 북쪽에 야산을 등지고 작은 마을이 자리잡고 있었는데, 집들의 창문마다 아늑한 불빛이 반짝였다. 아이는 그런 마을의 어딘가에 엄마와 함께 살아갈 집이 있을 줄 알았다.

저물녘의 샛강 가에는 키 큰 억새가 바람에 출렁거려서 갑자기 멀고먼 낯선 땅에 당도한 것 같았다. 전조등을 켜기 시작한 트럭의 앞뒤를 먼지가 구름처럼 휘감았다. 아늑한 불빛이 보이던 마을과는 반대방향으로 길이 휘어지면서 트럭이 비탈길을 오르기 시작했고, 어둠 속에서 뭔가 곡식의 낟알 같은 것들이 날아와 얼굴에 부딪치곤 했다. 출발지였던 동 구역 쓰레기수집소에서 쓰레기를 가득 실은 화물칸의 이곳저곳에 비집고 올라앉은 사람들은 아이와 엄마 말고도 남자 셋과 아낙네 둘이 더 있었다. 모두 적당한 크기의 비닐을 깔고 앉거나 아랫도리에 휘감고 화물칸 난간을 꼭 움켜쥐고 있었다. 그들은 처음부터 쓰레기 한가운데 앉아 있었으므로 본격적으로 풍겨오기 시작한 야릇한 냄새를 알아채지 못했다. 하지만 트럭이 비탈길을 따라 올라 제법 너른 빈터에 멈추자 강력한 냄새에 숨이 막힐 지경이었다. 그것은 분뇨라든가 시궁창 냄새라든가 상한 음식물이나 된장 간장을 끓이고 졸이는 그런 모든 냄새가 합쳐진 듯한, 견딜 수 없는 냄새였다. 어둠 속에서 끊임없이 얼굴과 팔뚝에 그리고 옷자락에 달라붙고 날아다니며, 특히 입술 언저리와 눈가에 대담하게 눌러앉아 차갑고 끈끈한 촉수를 내미는 것들은 파리떼였다.

아이는 자기의 이름 따위는 절대로 아무에게도 가르쳐주지 않았다. 더구나 성 따위는 더욱 그랬다. 학교에 다니는 것들이 성까지 붙인 이름을 서로 큰 소리로 부르곤 하는데, 그런 건 초등학교 꼬마들이나 하는 짓이다. 그는 이제 열네 살이지만 골목에서는 두 살을 올려서 열여섯이라고 말했고, 동네 형들이 거짓 검사를 해보려고 했던 위기의 순간에 그중 하나를 들이받아 앞니를 부러뜨렸다. 물론 그는 즉시 쌍코피가 터지고, 갈빗대가 나갔는지 한 달 동안이나 숨을 들이쉬고 내쉴 때마다 온 가슴팍이 시리고 저렸지만 체면은 지킨 셈이었다. 골목에서 친구들은 그를 제각기 다른 별명으로 불렀는데 깨비, 꺽새, 딱부리라고도 했다. 깨비는 그의 팔다리가 길고 달리기를 잘한다고 해서 사학년 때 담임이 방아깨비라고 불렀던 데서 방아를 떼어버린 별명이었고, 꺽새도 점잖게 황새나 두루미라고 부르지 않고 목과 팔다리가 긴 새에 빗대어 붙인 것이었다. 그는 둘 다 마음에 들지 않았지만 딱부리라는 별명은 그런대로 괜찮은 것 같았다. 그건 아이가 살던 동네의 순경이 붙여준 별명이었다. 파출소 유리창을 와장창 부수고 달아나다 몇몇이 걸려서 벌을 서고 꿇어앉았을 때 순경이 서류뭉치로 아이의 머리를 수십 번 내려치면서 외치던 소리였다. 이런 딱부리 같은 새끼가 어따 대구 눈을 흘기는 거야. 눈구녁을 확! 니 아부지 데려와, 새꺄. 그다음부터 아이는 친구놈들이 다른 별명을 부를 때는 사정없이 쥐어박았지만 딱부리라고 부르면 가만있거나 최소한 대꾸를 해주었고, 어디 가서 또래들과 말을 틀 때에도 스스로 딱부리라고 내뱉게 되었다. 딱부리는 여염집 아이들과 구별하기 위해서 멋대로 갖다붙인 별명이었지만 그는 어른들이 빵에 다녀와 별을 달듯이 스스로 그 이름을 쟁취했다.

딱부리는 초등학교 오학년 일학기까지 다니다 말았고, 엄마가 시장에서 노점 행상을 해서 산동네의 쪽방 한 칸 월세와 세 끼 밥을 해결할 수가 있었다. 그는 산동네의 또래 아이들과 골목에서 빈둥거리다가 장사 나가는 엄마를 따라 시장 옷가게에 일거리를 잡았다. 옷가게들은 큰길가 번듯한 건물 안에 있었지만 봉제공장은 후미진 뒷골목에 몰려 있었고, 업주들은 저마다 작업장을 빌려 재봉틀 몇 대에 직공 대여섯 명씩을 고용하고 있었다. 그가 하는 일은 공장과 옷가게를 뛰어다니며 마감이 된 옷가지를 나르거나 원단과 실이며 단추 같은 자재를 받아다 공장에 배달해주는 잔심부름이었다. 주위가 어두컴컴

해질 무렵에 딱부리가 엄마의 장사 터로 가보니 다른 여자들은 노점을 정리하고 있었고 엄마는 보이지 않았다.

우리 엄마 어디 갔어요?

엄마 바람났나보다, 깔깔.

한 여자가 놀리는 소리를 했고 옆자리의 아줌마가 거들었다.

느이 아부지 온 거 같든데.

아버지가요?

그는 아줌마가 가르쳐주는 대로 먹자골목으로 달려갔다. 생선 굽는 냄새와 순댓국 끓이는 냄새가 가득한 골목으로 들어서서 양쪽의 식당 안을 살피며 오르내리다가 엄마가 어떤 남자와 마주 앉아 있는 걸 발견했다. 남자는 등을 돌리고 있어서 누군지 얼굴을 알아볼 수는 없었지만 군복 야전재킷을 걸치고 푸른색 운동모자를 쓰고 있었다. 딱부리가 우물쭈물 식당 안으로 들어서자 엄마가 먼저 알아보고 손짓했다. 식탁 앞으로 다가서서 아버지의 얼굴을 확인하려는데, 남자가 고개를 돌리더니 손을 뻗어 딱부리의 머리를 만지려고 했다. 그는 얼른 고개를 젖히고 뒤로 물러났다. 그 순간 아버지가 아니라는 것을 알았기 때문이었다. 남자가 멋쩍게 손을 내리면서 말했다.

많이 컸구나. 아장아장 걸어다니든 게 엊그제 일 같은

데……

　인사해라. 느이 아빠 친구야.

　딱부리는 고개만 꾸뻑해 보이고는 엄마 옆에 앉아서 맞은편의 남자를 찬찬히 살펴보았다. 눈도 부리부리하고 코도 도톰해서 인상은 괜찮았는데, 눈 아래에서부터 왼쪽 뺨을 거의 덮을 정도로 푸르고 큰 점이 있었다. 어디서 보았더라. 아, 맞다! 푸르고 붉은 외투를 걸치고 얼굴의 절반은 하얗고 절반은 새파란 길쭘한 턱의 아수라 백작이 아닌가. 대마왕 헬 박사의 오른팔로 언제나 정의의 마징가에게 깨지면서도 비열한 음모를 꾸미는 악당. 딱부리는 어쩐지 전의에 불타올라서 주먹을 불끈 쥐고 그를 노려보았다.

　판잣집이지만 월세 없는 내 집 생기지, 하루 벌이는 여기의 세 배쯤 되지, 이런 일터를 요즘 세상에 어디 가서 찾겠나 말야.

　남자가 하던 얘기를 계속했고 엄마는 솔깃한 표정으로 상반신을 그에게로 숙인 채 고개를 끄덕였다.

　얘 아빠가 언제 나올지도 모르는데…… 오빠가 등록만 시켜준다면야 무슨 일을 못 하겠어요.

　식탁 위에 두 주먹을 올려놓고 노려보는 딱부리에게 힐끗 눈길을 보내더니 남자가 물었다.

너 몇살이냐?

딱부리가 엄마 옆이라 차마 열여섯이라고 말할 수 없어서 입을 꾹 다물고 있는데 엄마가 대신 말했다.

열네 살이요.

남자는 어이가 없다는 듯이 과장해서 입을 벌려 보였다.

아니, 이렇게 덩치가 큰데 겨우 열네 살밖에 안 먹었다고? 누가 물어보면 열여섯 살이라고 그래라.

딱부리는 속마음과는 달리 약간 수줍게 중얼거렸다.

내 친구들은 모두 열여섯 살배기들인데……

좋아 좋아, 그러면 중졸은 되겠다야. 좌우지간 자기가 일선에서 정식 등록해서 일하고, 애도 이선에서 분류하는 일을 거들면 둘이서 남들 곱절은 벌 거란 말야.

엄마는 집에 돌아가서도 마음이 설레어 잠을 이루지 못하는 눈치였다.

마침 방을 빼달라고 해서 걱정이 태산 같았는데 잘되었다. 일자리도 생기고 살 곳도 내준다니까 이제 한숨 돌리겠구나.

딱부리네 아버지와 엄마는 보육원에서 함께 자랐다고 했다. 아버지가 먼저 뛰쳐나와서 도시를 이리저리 쏘다니더니 구청마다 조직이 시작된 근로대에 들어갔고, 비록 고물상으로 크진 못했지만 폐품 수집을 하는 작은 구역의 책임자가 되었다.

아버지가 엄마를 데리러 찾아온 것은 그 무렵이었다. 엄마는 처녀가 다 되어 여섯 살도 안 된 어린 원아들을 돌보는 보모 일을 하면서 보육원에 남아 있었다. 원래 폐품 수집이란 멀쩡한 물건이 섞일 때가 많고 장물을 맡았다가 넘기는 경우도 있어서 근로대 사람들은 종종 도둑으로 몰리기 마련이었다. 더구나 관내에 절도사건이 빈번해지면 경찰에서 오라 가라 하는 건 보통이고 대개 구역의 총책임자를 통하여 한 대가리 달아 달라는 요청이 내려오기도 했다. 별이 한두 개씩 붙고 나면 절도사건의 책임을 지고 선선히 큰집에 다녀오기도 했고, 그뒤부터는 남의 집 철문에서부터 구리나 알루미늄 같은 값나가는 공공자재를 절취하는 일도 쉬워졌다. 주택가로 폐품 수집을 다니다가 빈집이라는 낌새가 보이면 들어가서 털게도 되는 것이다.

아버지는 딱부리가 학교를 때려치우던 해에 행방불명이 되었다. 사실은 아버지가 사라지고 형편이 어려워지면서 학교를 그만둔 거나 마찬가지였다. 엄마와 아이는 전에도 몇 번 그런 일이 있어서 어디 후리가리에 걸렸겠지 하며 돌아오지 않는 아버지를 보름 가까이 기다렸다. 평소 같으면 경찰서나 관내 파출소에서 가족을 불러서는 아무개가 구속되어 어느 곳에 있다는 소식을 전해주곤 했는데 어찌된 일인지 이번에는 감감무

소식이었고, 오히려 아버지와 함께 근로대에서 일하던 젊은이가 엄마에게 귀띔을 해주었다. 아버지가 교육대에 끌려갔다고 했다. 새로운 장군이 집권을 하고 나서 사회를 정화한다고, 폭력배와 전과자, 불량배는 물론이고 몸에 문신을 새겨 보통 사람들에게 불안감을 주거나 주위에 위화감을 조성하는 놈들은 연령의 노소를 불문하고 잡아다가 일정기간 재교육하여 새사람을 만들어 내보낸다는 소문이 돌았다. 수많은 사람들이 사라졌고, 그들은 각 지역 군부대에 설치된 교육대에서 갱생교육중이라고 했다. 전에도 딱부리네 식구가 떵떵거리며 살았던 건 아니지만 그래도 배곯는 걱정은 없었는데, 이제 엄마와 그는 하루 세 끼를 벌어먹느라고 온종일 뛰어다녀야 했다. 딱부리는 학교 다닐 적에도 아파트 동네 아이들이 시라이 양아치 땅거지라고 놀릴 때마다 시원시원하게 팔다리를 휘둘러 때려 눕히곤 했다.

시간 없어요. 빨리들 내리쇼.

운전수가 차창을 열고 뒤돌아보며 재촉했다. 사람들은 각자 가지고 온 물건과 보따리를 서로 주고받으며 쓰레깃더미 위에서 조심조심 내려갔다. 딱부리와 엄마도 이불짐과 살림도구를 추려 담은 함지 하나와 비닐 손가방을 끌어내렸다. 운전수가 매연이 고약하게 올라올 정도로 사납게 발동을 걸며 재촉했다. 트럭에서 내리자 어둠 속에서 우주인들이 나타났다. 그들은 장화를 신고 제각기 운동모자나 공사장 헬멧 따위를 쓰고 광부들처럼 이마 위에 벨트로 조인 반사경을 달고 있었다. 양손에 두툼한 고무장갑을 끼고 얼굴에는 큼직한 마스크를 쓴 차림이었다. 우주인들 중의 하나가 두 사람 앞으로 다가와 마스크를 벗어 보였지만 엄마도 딱부리도 그가 누구인지 얼른 알아보지 못했다.

나야 나, 저리루 가자구.

목소리를 듣고서야 엄마가 딱부리의 손을 잡아끌었다. 아수라 아저씨는 이불짐을 가뿐하게 어깨에 얹고 비닐가방을 한 손에 들고는 앞장서서 걸었고, 엄마와 딱부리는 단출한 살림이 들어 있는 함지를 마주 들고 그를 쫓아갔다. 트럭들이 엔진 소리와 먼지바람을 일으키며 올라가는 쓰레기언덕 아래편에 자울자울 조는 듯한 불빛들이 보였다.

가까이 다가가자 불빛을 담고 있던 물체들이 제각기 모양이 다른 판잣집 오두막들이라는 걸 알게 되었다. 천막도 있었고 나무판자로 얼기설기 골격을 세우고 비닐로 둘러친 것도 있었으며 각종 간판이며 지함 등속으로 벽을 세운 것도 있었다. 그런 오두막들이 사람 하나 간신히 지나갈 정도의 간격을 두고 어둠 속에 끝없이 잇달아 있었고, 그 앞쪽으로는 일차선 넓이

의 길을 내두었다. 낮은 오두막의 비닐 창마다 불빛이 새어나
오는 걸 보면 사람들이 살고 있는 게 분명했다. 길게 늘어선
오두막들 군데군데 빈터를 남겨두었다. 빈터에서는 모닥불을
피워놓고 뭔가 끓이고 구우면서 막걸리며 소주를 마시는 사내
들이 둘러서 있었다. 아수라 아저씨가 그들에게 딱부리 엄마
를 소개했다.

여긴 내 누이나 마찬가지여. 정식으루 등록이 되었으니까
한 식구로 알라구.

뭐야, 그럼 한 손 더 늘었다 그건가.

그들은 뒷전에 서 있는 딱부리는 거들떠보지도 않았고, 깡
통을 불 위에 올려놓고 후후 불고 앉았던 남자가 상을 찡그리
며 투덜거리자, 아수라반장 아저씨는 책임자답게 이 여자가
정당한 권리를 가졌다는 확인 도장이라도 찍듯이 다시 한번
말했다.

에, 그러니까 우리 구역에 정식으로 등록한 사람이 사십오
명이여.

반장님, 요즈음 우리 구역은 알짜가 점점 줄어서 걱정이라
구.

흐린 날도 있고 맑은 날도 있는 법이지. 자아, 누가 일손 좀
보태주려나. 내가 소주는 한턱 낼 테니.

저기 미장이 노인네 살던 오두막이 비었을 텐데……

그게 언젯적 얘긴가, 벌써 사날 전인데. 아까 둘러보니 좀 쓸 만한 건 다 뜯어가버렸더라고.

엄마와 딱부리가 세 남자를 따라가보니 비어 있다던 오두막은 바닥만 남아 있었다. 비닐장판은 누군가 걷어가버렸고 밑에 깔렸던 지함을 분해한 골판지들은 축축한 채로 남아 있었다. 아수라 아저씨를 따라나섰던 남자 하나가 골판지를 들쳐보더니 말했다.

어쭈, 스티로폼은 그냥 있네.

이것들 다 걷어다가 저쪽 내 집 옆에 잇대어 짓자구.

따라나섰던 두 남자는 아수라 아저씨의 말에 저희끼리 뭐라고 소곤거리고는 킬킬 웃었다.

아무렴, 홀아비 반장이 누이를 멀리 두고 살 수야 없겠지.

아수라 아저씨는 못 들은 척하고 먼저 이것저것 집어들면서 말했다.

됐어, 그러면 골판지 새로 깔고 비닐장판만 덮으면 한 시간두 안 걸리겠다.

딱부리와 엄마는 앞장선 아수라 아저씨를 따라 오두막들의 골목이 끝나는 모퉁이까지 내려갔는데, 자리가 제법 좋아 보였다. 이웃 구역과 떨어져 있는데다 맨 끝이어서 쓰레기언덕으로 오르내리는 찻길과도 멀찍이 떨어져 있었다. 세 남자가 집 지을 잡동사니들을 모으러 간 동안 딱부리 모자는 아수라 아저씨네 오두막 옆에 짐을 내려놓고 쪼그리고 앉아서 기다 렸다.

쳇, 나는 또 시골동네로 이사 가는 줄 알았잖아.

아들이 투덜거리자 엄마가 한숨을 내쉬며 말했다.

여기도 사람 사는 동네란다.

사람은 무슨…… 썩은 내에 파리에 쓰레기 천지로구만.

딱부리가 퉁명스럽게 내뱉었고 엄마는 짐짓 명랑하게 말했 다.

그 물건들이 모두 돈이 된다잖아.

딱부리는 어둠 속에 시커멓게 솟아 있는 언덕만 보았을 뿐 처음엔 그게 무엇으로 이루어진 것인지 알지 못했다. 부스럭 거리고 웅성대는 소리와 함께 세 남자가 번갈아 잡동사니를 잔뜩 실은 리어카를 끌고 나타났다. 모두 쓰레기장에서 골라 온 것들이었다. 길이가 각기 다른 각목이며, 수산시장에서 나 온 생선상자들과 비닐 조각들, 포장마차에서 쓰던 각양각색의 천막들, 비닐하우스에서 쓰던 검정색 부직포, 무늬가 제각각 인 비닐장판 등속이었다. 갑자기 집터 주위는 부산스러운 작 업장으로 변했고, 같은 구역의 오두막들에서도 하나둘 사람들이 몰려나와 일손을 돕기 시작했다. 아수라 아저씨가 총지휘를 했는데, 먼저 기둥감이 될 각목들을 같은 길이로 자르거나 덧붙여서 세운 다음 엇대어서 버팀목을 만들었다. 장도리로 생선상자들을 분해해서 판자를 준비해놓고는 얼기설기 벽을 박아나갔다. 널판자 안쪽에 비닐을 대고 스티로폼을 붙이고, 안쪽 벽에는 골판지를 촘촘히 박았다. 맨땅에 비닐을 펼치고, 그 위에 스티로폼을 깐 다음 지함을 풀어헤친 골판지를 한번 더 깔고 맨 위에 비닐장판을 깔아주었다. 지붕은 판자 위에 스티로폼을 얹은 다음 골판지를 덮고, 그 위에 다시 부직포와 비닐장판을 덮고는 날아가지 않도록 각목을 줄지어 박아 고정시켰다. 그리고 마지막으로 포장마차의 텐트 자락을 지붕에 둘러치자 네 평짜리 오두막이 완성되었다. 아수라 아저씨네 오두막에 딱 붙여서 지어 앞에서 보면 다른 오두막보다 제법 커 보였고, 한집처럼도 보였다. 아수라 아저씨가 납작한 돌멩이에 양초를 붙여서 방안을 밝혀주었다. 엄마가 짐에서 헌 옷가지를 꺼내어 부지런히 걸레질을 하자 어른거리는 촛불 빛에 드러난 꽃무늬 비닐장판이 화려해 보이기까지 했다.

오머나, 정말 요술 같애. 석유곤로만 구해다놓으면 밥도 지어먹을 수 있겠네.

엄마는 몇 번이나 방안을 둘러보며 감탄했고, 아수라 아저씨가 촛불 빛에 푸른 점이 더욱 도드라져 뵈는 얼굴을 흔들며 말했다.

걱정 말어, 그런 거 다 있으니까. 자자, 배고프고 술 고픈데 나가자.

모닥불을 피워놓은 빈터에 이르자 아수라가 일을 도와준 남자에게 지폐 몇 장을 꺼내주었다.

라면하구 소주 댓 병 사오라구.

드럼통을 반으로 자른 간이화덕 위의 냄비에서 뭔가 구수한 냄새를 풍기며 끓고 있었다.

오늘 안주는 뭐야?

아수라가 물으니 건설 현장 헬멧을 멋지게 눌러쓴 남자가 대꾸했다.

뭐긴 꿀꿀이 꽃섬탕이지. 고춧가루를 듬뿍 넣었으니 얼큰할 게야.

그사이 매점에 갔던 젊은이가 비닐봉지를 안고 달려왔고, 아수라가 라면 포장지를 북북 뜯어 양념가루부터 냄비 속에 털어넣었다. 그가 라면을 넣으려는데 헬멧이 말렸다.

아아 형님, 라면은 맨 나중에…… 왕건이부터 건져먹고 나서.

오늘 일진이 좋네. 이거 협동 구역에서 나온 진짜 햄 같은데.

암, 서로 돕고 살아야지. 우리 반장님도 독립해서 이런 구역 좀 맡아 오시구랴.

개인차 구역이 권리금이 얼만데?

헬멧이 말하자 아수라는 떫은 표정으로 중얼거렸다.

우리네는 빽두 없구 말야.

구청 수집구역은 먹잘 것이 있어야지. 노른자위 터는 모두 개인차 사장들이 해먹잖아.

헬멧 사내가 구부러진 양식 스푼을 상의 호주머니에서 꺼내어 옷자락에 두어 번 문지르고는 찌개를 떠서 맛을 보았다.

쥑이는구만!

아수라는 찌그러지고 검게 그을린 작은 냄비에 소시지와 햄 덩어리를 건져넣고 국물을 가득 퍼담아 엄마와 딱부리에게 내밀었다.

자아, 새 식구가 오늘 주인공이니까 어서 많이 잡솨.

엄마는 조심스럽게 국물 맛을 보더니 딱부리에게 작은 소리로 말했다.

이건 뭐 부대찌개 맛이야!

딱부리도 소시지 한 덩이를 건져 먹어보고는 엄마와 다투며 먹기 시작했다. 남자들은 쓰레기장에서 모아온 플라스틱 요구르트 병의 모가지를 툭툭 쳐내어 흙이나 오물을 대충 털어내고 소주를 돌려 마셨다. 음식 냄새가 주위에 번지자 대번에 파리떼가 모여들기 시작했다. 파리들은 젓가락으로 음식을 집어들기가 무섭게 가차없이 날아와 앉았고, 입으로 가져가는 짧은 순간까지 붙어 있다가 입김을 불어야 겨우 날아가는 척할 뿐이었다. 어떤 놈들은 입안으로 들어갈 때까지 음식물 위에 끈질기게 남아 있다가 혀끝에 닿는 순간에야 파드득거리며 날아올랐다.

이놈들, 기운이 아직 쌩쌩하구먼.

밤엔 빌빌하더니 불 때서 그런 모양이네.

아이구, 여름이 가면 이별할라나 했더니 추석까지 갈 모양일세.

그것두 다아 몸보신 감이다. 우리가 여름내 먹은 파리가 한 됫박은 될걸.

딱부리는 파리를 연신 쫓으며 먹는데도 국물에 빠져죽은 파리가 목에 걸려 캑캑거렸다. 아수라가 남은 국물에 넣어 끓인 라면을 건져서 내밀며 엄마에게 말했다.

이렇게 먹구사는 법을 먼저 배워야 진짜 일꾼이 되는 거란 말야.

*

딱부리는 어른들이 연신 술잔을 주고받는 동안 슬그머니 불가를 떠나 새로 지은 오두막으로 돌아왔다. 엄마는 이곳 사정을 듣노라고 아수라와 함께 남아 있었다. 성냥을 그어 촛불을 켜고 매끈한 장판 위에 누우니 그전에 살던 집보다 훨씬 넓고 아늑하게 느껴졌다. 그때 누군가 머리를 반쯤 들이밀고 안을 들여다보는 것 같아 고개를 드니 재빨리 사라졌다. 딱부리가 얼른 일어나 출입구 쪽을 노려보며 기다리자 아니나 다를까 참지 못하고 머리가 다시 빼꼼히 나타났다.

누구야?

물음엔 대답 없이 그쪽은 머리를 반쯤 감춘 채로 히힛, 웃음을 터뜨렸다. 딱부리가 무릎걸음으로 각목에 비닐을 붙인 출입구 쪽으로 다가가자 웃음소리의 주인공이 그야말로 짜잔, 하듯이 나타났다. 딱부리보다 훨씬 어려 뵈는 사내아이였는데, 찢어진 야구모자를 한쪽으로 비뚜름하게 쓰고 러닝 바람에 자기 체격보다 훨씬 큰 헐렁한 청바지를 잘라서 입고 있었다.

뭐야, 넌?

머야 너는, 히.

딱부리는 화가 나서 아이의 야구모자를 벗겨버렸다. 힐끗 살펴보니 중학교 야구부라고 작은 글씨가 새겨져 있고, 모자가 컸는지 뒤쪽을 겹쳐서 꿰매놓았다.

줘, 얼른…… 모자 줘!

딱부리가 모자를 뒤로 감추고 녀석의 머리통을 쥐어박으려는데 왼쪽의 절반이 머리카락 한 올 없이 허옇게 드러나 있는 게 보였다. 피부도 쭈글쭈글했다. 아이가 신발을 신은 채로 마구 방안으로 들어왔기 때문에 딱부리는 모자를 출입문 밖으로 던져주고 밖으로 뛰어나왔다. 아이가 모자를 집어들어 황급히 눌러쓰더니 제 발치에다 침을 퉤 뱉고는 중얼거렸다.

에이, 씨발 놈아.

야, 미안하다. 너 어디 사냐?

요오기.

녀석이 바로 옆의 오두막 쪽으로 입술을 내밀어 보였다.

그럼 아수라…… 아니 반장 아저씨네 집이냐?

아이가 고개를 끄덕이더니 시키지 않은 말까지 줄줄 뱉어냈다.

반장이 우리 아빠다. 엄마는 없구 나하구 둘이서 산다. 아빠는 나한테 말을 걸지 않는다.

왜 그러는데?

녀석이 고개를 숙이고 말했다.

똑똑하지 못하다구.

자기 말대로 어딘가 좀 모자라 뵈는 녀석이지만 아수라 아저씨네 아이라면 잘 지내야겠다고 딱부리는 생각했다. 그는 아이에게 손을 들어 잠깐 기다리라는 시늉을 해 보였다. 그러고는 아끼던 물건들을 모아둔 양철 과자상자를 뒤져서 슈퍼마징가를 꺼내 녀석에게 내밀었다.

이거 너 가져. 천하무적 로보트다.

그건 사실 딱부리에게는 지난 시절의 추억이 담겨 있을 뿐 또래들에게 내보이기에는 쪽팔리는 장난감이었다. 플라스틱 관절 부분이 헐렁거리기는 했지만 팔다리 미사일을 쏘아대는 용수철은 아직도 팽팽했다. 아버지가 어느 날 폐품더미에서 골라낸 버려진 장난감들 중의 하나였다. 로봇도 있었고 경주용 자동차도 있었고 집짓기 놀이하는 나무 블록도 있었는데, 그날 딱부리는 바나나와 함께 그 선물들을 받았다.

이거 봐, 여기를 누르면……

딱부리가 관절의 돌출된 부분을 누르자 주먹 팔이 앞으로 튕겨져나갔고, 녀석은 히히히 웃어대면서 발을 굴렀다. 딱부리는 팔뚝을 주워다가 다시 끼워맞추어 아이에게 내밀었다.

너 이름이 뭐냐?

땜통, 히히.

땜통? 무슨 이름이 그래……

하면서도 딱부리는 어쩐지 녀석이 마음에 들었다. 여기도 산동네에서처럼 이름 대신 별명으로 부른다는 걸 알게 되고는 어쩐지 마음이 놓였다.

몇 살이냐?

그랬더니 녀석은 대뜸 두 손바닥을 펼쳐 보이고 나서 손을 내렸다가 손가락 하나를 세워 보였다. 딱부리는 약간 놀랐다. 뭐야, 열하고 한 살이란 거야? 그럼 나하구 세 살 차이밖에 안 나잖아. 땜통이 딱부리의 가슴을 꾹 찌르며 물었다.

넌 이름 뭐야?

으응, 딱부리.

딱부리? 히히, 부리부리 딱부리.

녀석은 그의 별명이 재미있는지 거의 땅바닥에 닿을 정도로 허리를 굽히며 웃어댔다. 땜통이 손가락을 까딱이며 따라오라는 시늉을 하더니 앞장서서 재빨리 걷기 시작했다.

안마, 어딜 가는 거야?

딱부리가 주춤거리며 그의 등 뒤에다 대고 묻자, 녀석은 갑자기 돌아서더니 손가락을 입술에 갖다대고는 작은 목소리로 속삭였다.

쉿, 이건 절대 비밀이다. 아버지나 어른들이 알면 큰 탈 난다.

글쎄 어딜 가냐구!

따라와.

딱부리는 판잣집 오두막이 각양각색으로 늘어선 길을 따라 땜통의 뒤를 쫓아갔다. 이천여 가구가 모여 산다는 얘기를 듣긴 했지만 평평한 곳은 물론이고 비탈진 곳에까지 층층으로 판잣집들이 들어앉아 있었다. 집집마다 작은 비닐 창문에서 희미한 촛불 빛이 새어나왔다. 가끔씩 너른 빈터가 나왔는데, 어른들은 술추렴을 하고 아이들은 숨바꼭질이라도 하는지 이 골목 저 골목으로 뛰어다녔다. 둘은 부지런히 걸어서 판잣집 동네가 끝나는 비탈을 넘었다. 젖은 풀잎들이 발목에 차갑게 와 닿았다. 딱부리는 도시의 쓰레기수집소에서 출발할 때부터 이 동네의 이름을 들어 알고 있었다. 꽃섬이라고 처음 들었을 때에는 바다가 보이는 낙원에라도 찾아가는 줄 알았다. 땜통과 딱부리가 쓰레기언덕과 오두막동네를 벗어나 도착한 곳은 삼각형처럼 생긴 섬의 서쪽 변두리쯤이었다. 두 아이가 고개를 넘자마자 저 아래 강이 내려다보였다. 강은 깊은 어둠 속에 잦아들어 있었지만 강변도로를 지나는 자동차의 불빛이 반사되어 강물이 반짝였다.

뭐해, 빨리 가자.

우두커니 서서 내려다보고 있는 그를 땜통이 재촉했다. 뭔가 발길에 걸리거나 차이는 게, 아마 밭을 가로질러 내려가는 것 같았다. 키 큰 버드나무와 억새며 부들이 바람에 휘적이는 모래언덕 위에서 땜통은 걸음을 멈추었다. 딱부리는 주위를 둘러보았다. 동쪽 멀리 불이 환하게 켜진 다리가 보였다. 여기 올 때 탔던 트럭이 그 다리를 지나자마자 꽃섬 쪽으로 좌회전 했던 기억이 났다. 삼각형의 가운데 튀어나온 곳에 여기보다 좀더 높고 길게 강을 향하여 솟아오른 쓰레기언덕이 보였다. 이제는 작업이 끝난 시각이어서 트럭들은 보이지 않았다. 땜 통은 쪼그리고 앉아 모래 속을 두 손으로 휘젓더니 줄을 찾아 당기면서 말했다.

너두 저쪽 줄을 찾아봐.

딱부리도 비죽이 솟아오른 각목에 매인 줄을 모래 속에서 찾아내어 당겼다. 둘이서 함께 당기니까 양쪽으로 기둥 두 개 가 일어나면서 천막 지붕이 팽팽하게 펴졌다. 땜통이 안쪽에 서 비닐봉지를 찾아 성냥을 꺼내어 양초에 불을 당겼다. 바닥 에는 두툼한 골판지 위에 흰색과 푸른색 줄무늬의 천막 조각 이 깔렸고 양쪽의 나직한 벽은 버젓한 시멘트 블록 벽이었다. 그건 마치 부드러운 빵을 한입 베어낸 것처럼 모래언덕의 경 사진 쪽을 파내어 강을 향해 열어둔 오두막이었다.

여기가 우리 본부다.

땜통이 자랑스럽게 말하고는 가져온 마징가 로봇을 안쪽의 상자에 넣어두었다. 딱부리는 신기해서 안쪽과 양옆의 블록 벽을 만져보며 말했다.

우와, 진짜 집 같은데.

여긴 원래 그래.

땜통도 딱부리처럼 벽을 손바닥으로 두드려 보이며 대답했다. 딱부리는 나중에 아이들에게서 여기가 군부대의 초소였다는 얘기를 들었다. 아이들은 이 초소 자리에 쓰레기장에서 주워온 골판지며 천막이며 비닐 등속으로 아늑한 방 한 칸을 마련한 셈이었다. 비가 오거나 햇볕이 따가운 날을 대비하여 앞마당 쪽으로 차양까지 쳐두었다. 이 차양은 사용하지 않을 때는 줄을 내려 덮어둠으로써 본부를 숨기고 가려주는 용도로 쓰이고 있었다. 그건 마치 극장의 무대 막처럼 짜자잔, 하고 이곳과는 다른 세상을 보여주는 것과 같았다. 방안에 들어앉아 앞을 보면 그냥 모래언덕 위에서 바라보던 것과는 아주 다른 풍경이 보였다. 양쪽의 벽과 차양으로 잘려진 네모 속의 한 귀퉁이에 억새와 버드나무 그림자가 장식처럼 서 있고, 가운데쯤에 너른 강물이 흘러가고, 그 강물 위엔 달빛이 내려앉아 있으며, 멀리 강 건너편에는 도시의 불빛들이 아득하게 보였다.

여기가 너희들 본부로구나!

딱부리는 솔직히 부러움과 감탄이 섞인 마음으로 그렇게 말했다.

대장한테 걸리면 혼나는데, 히이.

땜통이 맨 안쪽에 놓인 앉은뱅이책상 서랍에서 잡지 나부랭이를 잔뜩 꺼내어 펼쳐 보이면서 중얼거렸다. 녀석은 두려워하기보다는 어쩐지 딱부리에게 자랑하는 것처럼 보였다. 딱부리도 그런 잡지 따위는 산동네 형들이 보여줘서 잘 알고 있었다. 벌거벗은 남녀의 사진이 처음부터 끝장까지 빼곡히 들어 있는 외국 성인잡지였다.

대장이 누구냐?

두더지…… 무서워.

몇살인데?

몰라, 어른 같다. 몸집이 너보다 더 커. 일두 잘해.

땜통과 딱부리는 무릎을 세우고 턱을 그 위에 올린 자세로 강을 향하여 한참이나 앉아 있었다. 묻지 않으면 말이 별로 없는 게 땜통의 좋은 점이라고 딱부리는 생각했다. 그러나 말투에 비해서 눈치는 빠른 것 같았다. 속이 깊은 녀석일지 모른다. 다른 애들한테 많이 시달리거나 놀림을 받으면 속내가 깊어질 테니까. 딱부리도 사나워지기 전에는 말수도 별로 없고 혼자 놀던 아이였다.

너 여기가 좋니?

딱부리의 질문에 땜통은 고개를 여러 번 끄덕였다.

낮에두 오니?

나는 아무 때나 여기 온다. 애들은 저녁에 잘 모이구.

녀석의 대답에 딱부리는 좀 망설이다가 물었다.

그런데 저어…… 느이 아부지 맘 좋냐?

몰라, 나한테는 아무 말두 안 해.

내일부터 나는 엄마하구 같이 느이 아부지 밑에서 일할 건데……

여기선 애들 일 못 해. 그러면 대장 두더지하구 너만 일하게 되겠구나.

그렇게 중얼거리다가 땜통이 갑자기 히히거리며 웃어댔다.

우리 아부지하구 느이 엄마하구 붙어먹을지두 몰라, 히히.

딱부리가 녀석의 야구모자 위를 사정없이 주먹으로 내리치자 녀석은 옆으로 넘어져서 죽는 소리를 냈다.

머리 때리지 마라, 씨발 놈아!

새끼야, 니가 먼저 쌍소리 했잖아?

땜통은 머리를 두 손바닥으로 연신 문지르면서 앉은뱅이걸음으로 멀찍이 떨어져 앉았다.

나는 엄마 없구 너는 아부지 없다. 전에두 어떤 아줌마 같이 살았는데 가버렸다.

난 아버지 있어, 인마. 어떻게 아무하구나 막 사냐?

여기선 다들 그래.

땜통이 모자를 고쳐 쓰고는 사정하듯이 덧붙였다.

어렸을 때 엄마가 뜨건 물을 내 머리에 쏟았다. 그래서 내가 똑똑하지 못한 거다. 머리는 절대루 때리지 말라구, 씨.

그래, 머리는 안 때릴게. 내일 다시 오자.

둘은 촛불을 끄고 지붕에 잇댄 차양을 끌어내려 덮어놓고는 왔던 길을 되돌아갔다. 도중에 땜통이 밭고랑에 쪼그려앉았더니 뭔가를 한 움큼 캐어 내밀었다.

먹어봐, 맛있다.

딱부리가 흙을 털고 조몰락거려보니 땅콩이었다. 부근은 거의가 땅콩밭이었다. 껍질을 벗기자 말랑한 땅콩의 속살이 느껴졌다.

걸리면 혼난다, 히이.

여긴 누구네 밭이냐?

저쪽 샛강 건너에 시골동네 있어. 전부 그 사람들 땅이래.

밭을 지나고 쓰레기장 오두막동네가 시작되는 비탈길을 오르는데 갑자기 땜통이 딱부리를 툭 치면서 땅바닥에 납죽 엎드렸다. 딱부리도 놀라서 땜통을 따라 엎드렸는데, 아무것도 보이지 않았고 말소리도 들리지 않았다. 딱부리는 엉거주춤 일어나면서 투덜댔다.

뭐가 있다구 그래?

쉿, 하면서 땜통이 그의 뒷덜미를 잡아당겼다.

잠깐만 그대루 있어.

딱부리는 영문도 모르고 그냥 젖은 풀에 등을 대고 누워서 기다렸다. 한참 뒤에야 땜통이 일어났고 딱부리도 덩달아 일어나 사방을 두리번거렸다. 어른들이 큰 소리로 서로 다투거나 꽥꽥거리며 노래하는 소리가 먼 곳에서 들려올 뿐이었다. 땜통이 어둠 속 한 곳을 뚫어지게 바라보고는 말했다.

다 지나갔다.

뭐가 지나갔다는 거야?

나만 본다.

그제야 딱부리는 녀석에게 놀림을 당했다는 생각이 들었다.

씨발, 무슨 귀신이라두 되냐, 그것들이?

딱부리가 투덜대자 땜통은 비탈길을 오르면서 말했다.

파란 불이야. 나만 알 수 있어.

딱부리는 문득 무서워져서 녀석을 앞질러서 올라갔다. 비탈 위에 올라서자 갑자기 판자촌의 불빛과 거뭇거뭇한 쓰레기언덕들이 나타났다.

딱부리는 주변에서 웅성대는 소리를 잠결에 듣고도 그냥 웅크리고 누워 있는데, 엄마가 사정없이 이불을 들치며 일어났다.

애, 얼른 일어나. 일 나가야 한다.

엄마가 흔들었지만 딱부리는 눈을 감은 채로 간신히 일어나 앉았다. 엄마가 아들의 양팔을 잡아 일으켜세우며 말했다.

다 큰 것이 옷까지 입혀줘야 하겠니?

딱부리가 어칠비칠 일어나 바지를 꿰고 긴소매 셔츠를 입는 동안 엄마는 챙이 둥글고 긴 모자를 쓰고 얼굴을 반이나 가리는 마스크를 쓴 우주인으로 변하고 있었다. 엄마는 시골에서 아낙네들이 밭맬 때 쓰는 모자 안에다 머릿수건을 두르고 손에는 목장갑 위에 두툼한 고무장갑을 겹쳐서 끼고는 한 팔 길이의 쇠스랑을 쥐었다. 거기에다 무릎까지 오는 장화까지 신었으니 개펄에 조개라도 캐러 가는 차림이었다. 어디서 주워 왔는지 딱부리에게는 찢어진 군 작업모를 푹 씌워주더니 목장갑과 고무장갑을 내밀었고, 코가 하얗게 벗겨진 군화 한 켤레를 던져주었다.

이거 전부 반장 아저씨가 장만해준 거야. 서둘러라!

마스크 안에서 웅얼대는 엄마의 목소리가 들려왔다. 모자챙이 콧등에 닿을 정도로 푹 내려왔고 군화는 발이 앞뒤로 놀 만큼 컸지만, 딱부리는 오늘부터 어른과 맞먹는 일꾼이 된다는 생각에 으쓱해지는 기분이었다. 엄마와 똑같은 고무장갑까지 끼고 한 손에 쇠스랑을 쥐었다. 오두막 앞에 멜빵 달린 기다란 광주리 두 개가 모자를 기다리고 있었다. 엄마가 먼저 짊어지자 딱부리도 등에 지어보았는데, 어쩐지 키가 몇 뼘쯤 더 커진 기분이었다. 판자촌 오두막동네 앞길에는 이미 같은 차림새의 수집꾼들이 빽빽하게 밀려가고 있었다. 그들은 동네가 끝나고 차들이 방향을 바꾸는 너른 공터에서부터 걸음을 다투듯이 바쁘게 흩어지기 시작했다. 저마다 가야 할 방향을 정확하게 알고 있는 것처럼 보였다.

왜 이렇게 꾸물대는 거야?

인파를 거슬러 내려오던 아수라가 엄마의 어깨를 잡으며 투덜거렸다.

오빠, 미안해요. 사람들이 너무 많아서……

자아, 보라구. 언덕이 두 군데지?

네 군데로 보이는데.

아니 큰 것만 보라니까. 오른쪽이 구청 구역, 왼쪽이 개인차 구역이라구 보면 된단 말야. 우린 오른쪽으루 가야 해.

아수라는 딱부리 따위는 보이지도 않는다는 듯 말도 걸어주지 않았고 그저 아래위로 한번 훑어보았을 뿐이었다. 등에 짊어진 광주리가 땅에 끌리지 않는 것만 해도 다행이라고 생각했을 것이다. 거대한 언덕은 온통 갖가지 쓰레깃더미로 이루어졌다. 사람들이 대충 골라내고 나면 뒤이어 중장비차가 달려들어 평평하게 밀어냈다. 걷는 동안에도 발이 푹푹 빠지거나 걸리기도 했고, 뭔가 붙어서 따라오다가 발을 흔들면 떨어져나갔다. 언덕 위에 올라서자 강변도로가 보였고 꽃섬으로 휘어드는 다릿목에는 전조등을 켠 트럭들이 줄지어 움직이고 있었다. 불빛 속으로 먼지가 구름처럼 일어나는 게 보였다. 각 구청 소속의 구역장들이 제각기 자기 패거리들을 불러대는 소리로 떠들썩했다.

자자, 이열 횡대! 꾸물거릴 시간 없어요.

아수라 반장은 새벽 다섯시에서 아침 아홉시까지가 제일 바쁜 알짜배기 작업 시간이라고 말했는데, 그다음 작업은 정오경에서 저녁 무렵까지니까 거의 하루에 열두 시간 이상을 일해야 한다는 얘기였다. 근로대 사람들은 구역별로 무리를 지어 자기네 구청 번호를 앞유리에 붙인 청소차를 기다리고 있었다. 앞에 선 이들은 권리금을 내고 일선으로 등록된 사람들이었는데, 그들이 모두 알짜 폐품을 추려내고 난 뒤에 이선 사람들이 남은 것들을 다시 추려내기 마련이었다. 아수라는 엄마 옆에 붙어서서 연신 주의를 주었다.

뭐든지 먼저 찍는 사람 거란 말야. 플라스틱 용기들, 비닐은 얇은 건 나중이구 장판지나 천막이나 두꺼운 게 먼저, 고철은 무조건 다 쓸어담아, 유리두 병이 먼저구, 폐지 넝마는 천이나 옷가지나 성한 게 아니면 종이가 먼저라구.

아수라가 딱부리에게도 주의를 주었다.

너는 이선이지만 엄마 뒤에 따라붙었다가 엄마가 미처 못 본 걸 찍고, 엄마 바구니가 차면 뒤에 갖다 쌓아둬라.

청소차가 들어오기 시작했다. 새벽 이른 시간에 도착하는 쓰레기는 대개 중심가나 상업지구의 것들이어서 알짜가 많다고 했다. 주택가와 아파트 동네의 것들은 정오 무렵부터 몰려오고 주변 공사장이나 공장지대의 것들은 오후에 도착한다. 헤드라이트를 훤하게 켠 트럭들이 천천히 언덕길로 올라왔고, 먼지 속에 새카맣게 뭉쳐서 날아다니는 파리떼가 보였다. 트럭 운전대 옆 창에 붙인 구청 번호를 살피던 다른 구역의 반장이 외치는 소리가 들리자 기다리던 수집꾼들 중에서 누군가 날렵하게 뛰어나가 교통정리를 하듯이 팔을 저으며 오늘 작업이 개시될 장소까지 안내했다. 트럭은 오라이 오라이, 하는 소리에 따라서 크게 원을 그리며 방향을 돌렸다가 후진해서 멈

추고는 화물칸을 들어올리기 시작했다. 쓰레기가 쏟아져내렸
고, 구역 사람들이 다투어 뛰어들었다. 덤프트럭들은 계속해
서 쓰레기장으로 밀려들어왔다. 아수라 반장이 자기 수집꾼들
에게 알렸다.

우리 차 들어온다!

공터에서 보았던 키 작은 헬멧 사내가 뛰쳐나가 차를 안내
했고 수집꾼들은 트럭의 꽁무니를 따라서 뛰어갔다. 트럭이
머리를 돌리고 화물칸을 천천히 올려 쓰레기를 내렸고 연이어
서 같은 구청 소속의 트럭들이 들이닥쳤다. 수집꾼들은 이미
무더기로 쌓인 쓰레깃더미 속에 처박히듯 달려들었는데, 연이
어 들이닥치던 다른 트럭이 급정거를 하더니 차창을 열고 운
전수가 머리를 내밀었다.

죽구 싶어? 여기 반장 누구야?

아수라가 손을 흔들며 헤드라이트 불빛 안으로 들어서자 운
전수는 대번에 알아보고 소리를 질렀다.

야이 씨팔, 누구 콩밥 멕일라구 그래?

맨날 주의를 주는데도…… 좀 봐주라.

여기서 붕괴나 후진 사고루 죽은 게 몇명인 줄 알아?

잘 알아모시겠수.

아수라는 각목을 주워 휘두르면서 쓰레기 속으로 들어갔

던 반원들을 몰아내려고 뛰어다녔다. 수집꾼들은 그제야 대기선 뒤쪽으로 황급히 물러났고, 아수라는 숨을 헐떡이며 떠들어댔다.

작업 시작 구령도 안 떨어졌는데 누가 맘대루 들어가라구 그랬어? 사고 나면 모두 등록 취소란 말야. 권리금 날리구 싶어?

트럭들이 차례로 후진하여 쓰레기를 부리고 간 뒤에 반장은 자기네 구청 차량의 하역이 모두 끝난 것을 확인하고 마치 돌격 앞으로 신호라도 하듯이 한 팔을 들어 흔들며 말했다.

작업 개시!

사십여 명의 수집꾼들이 어른 키보다 높이 솟아오른 오물더미 속으로 한꺼번에 뛰어들었다. 처음 하는 일이었지만 엄마는 옆사람을 따라서 팔다리를 허우적거리며 쓰레깃더미의 꼭대기까지 기어올라갔고 딱부리도 바짝 따라붙었다. 아수라가 엄마 옆으로 따라붙더니 먼저 찌그러진 플라스틱 물통을 집어 바구니에 던져주었다. 딱부리는 엄마가 집어낸 물건들과 함께 뒷전에서 반장이 일러주던 말을 잊지 않고 요구르트 병이며, 화장품 용기들, 바가지나 세숫대야 깨진 것들, 깡통, 유리병 따위를 집어서 바구니에 던졌다. 남들은 거의가 이마에 광부들이 쓰는 반사경을 달고 있어서 쉽게 좋은 물건들을 집어냈지만 엄마는 처음이라 서툰데다 아직도 주위가 어두워서 쇠스랑으로 캐낸 뒤에도 이게 무슨 물건인가 하는 것처럼 얼굴 앞에 쳐들고 들여다보곤 했다. 그사이에 옆사람이 채가는 물건이 한두 가지가 아니었다. 딱부리는 엄마의 발치에서 나름대로 집어낸 물건들을 주워담았다.

작업은 꼭대기에서부터 아래로 내려오는데, 대강 캐어내고 줍고 뒷걸음질치면서 쓰레기들을 쇠스랑으로 헤집어놓았다. 아래까지 내려오노라면 오물더미가 어느새 처음 출발할 때보다 더 낮고 길게 펼쳐져 있었다. 다시 위로 오를 때에는 처음보다 훨씬 깊숙하고 넓게 주위를 헤집으며 폐품을 골라냈고, 다음에는 비탈의 반대편으로 내려가면서 수집을 하고는 앞부분을 파헤칠 때처럼 다시 되짚어 오르면서 꼼꼼하게 집어냈다. 폐품 수집은 쓰레기 차량 한 대당 십 분에서 십오 분 정도가 걸렸는데, 일선이 빠지고 나면 뒷전에 기다리고 섰던 이선이 들어가서 미처 골라내지 못한 것들을 캐냈다.

하늘이 붉게 물들면서 동이 터왔다. 쓰레기들은 더럽고 볼성사나워 보였지만 검고 희고 붉고 푸르고 노랗고 알록달록 반짝이기도 하고 매끈거리기도 하며 네모나고 각지고 둥글고 길쭉하고 흐느적거리고 뻣뻣하고 처박히고 솟아나고 굴러내리고 매캐하고 비릿하고 숨이 막히고 코가 쌔하고 구역질나고 무엇보다도 낯설었다. 하나씩 쥐어보면 오래전부터 잘 알고 있던 물건들이었는데도 떨어져나온 아기 인형의 다리처럼 어쩐지 무서운 데가 있었다. 딱부리는 앞에서 작업하던 엄마가 소스라치게 놀라는 기척을 느끼고도 어리석게 쇠스랑으로 푹 쑤셔 확인을 했는데, 뭔가 물 같은 것이 찍 나오면서 뾰족한 창 끝에 딸려올라왔다. 우선 머리를 확인하니 그것은 고양이 비슷했다. 눈 주위가 무너졌는지 구멍만 있었고 뾰족한 귀가 양쪽에 달려 있어서 고양이인 줄 알아보았는데, 송곳니를 드러낸 채 배 아래쪽은 휑하니 비어 있었다. 아니, 빈 게 아니라 구더기가 잔뜩 슬어서 오글거리고 있었다. 구더기들이 딱부리의 군화 코 위로 우수수 떨어졌다. 딱부리는 진저리를 치면서 뒤쪽으로 그 물건을 집어던졌다. 나중에야 그는 그런 것들이 찌그러진 콜라 깡통이나 잇자국이 남은 담배꽁초가 담겨 있는 소주병처럼 도시에서 버려진 것들 중의 하나에 지나지 않는다는 걸 알게 되었다. 그것들은 무엇이든 제각기 슬픔이나 아쉬움 같은 분위기를 지니고 있었는데, 그게 딱부리를 더욱 낯설고 무섭게 했는지도 모른다. 해가 들자마자 사방에서 파리떼가 몰려들어 쓰레깃더미와 수집꾼들의 온몸을 뒤덮어버렸다.

트럭은 구청별로 연이어 들이닥쳤다. 섬의 동남쪽에서부터 서남쪽에 이르기까지 강변을 향하여 펼쳐진 쓰레기처리장은 구청 구역이 야구장 칠십 개 넓이쯤 되고 개인차 구역은 백한 개 넓이쯤이라고 했다. 스물한 개 구청에서 쓰레기를 내다버렸지만 작업장의 수집꾼들은 반장을 통해 권리금을 내고 들어온 사람들로 정해져 있어서 대개 한 무리가 서너 개 구청을 감당하고 있는 셈이었다. 일선들은 아직 정리되지 않은 채 옆에 나란히 무더기로 쌓인 다른 구청의 쓰레깃더미로 기어올라갔고, 그들이 빠진 자리에는 이선들이 다시 기어올라갔다. 나중에 흙을 실은 트럭들이 올라와 쓰레깃더미 위에 복토작업을 하면 오전작업이 모두 끝날 것이었다.

2

딱부리와 엄마가 꽃섬에 들어온 지 벌써 한 달이 넘었다. 엄마가 처음에 딱부리를 달래노라고 여기도 사람 사는 동네라고 했지만, 이곳은 분명 사람들이 쓰다 남아서 또는 싫증이 나서 아니면 못쓰게 된 물건들을 버리는 쓰레기장이었고, 이곳에 사는 사람들도 도시에서 내몰리고 버려진 인간들이었다.

이곳에 온 뒤로 딱부리는 종종 산동네의 오래된 골목을 그리워하곤 했다. 오불꼬불 사방으로 뚫린 비좁은 비탈길에 갖가지 모양으로 땜질한 시멘트 블록 담장에다 더러운 털북숭이 개들이 흘레를 붙고 있거나, 할머니들이 찢어진 러닝셔츠 아래로 쭈글쭈글 축 늘어진 젖을 반나마 드러내고 길을 막고 둘러앉아서 막걸리를 마시고, 연탄재가 널려 있거나 라면봉지가 날아다니던 골목에서 몇 번이나 길을 잃고 오르락내리락하던 것이며, 일 나간 부모들이 잠가놓고 떠난 집안에서 제 몸집만 한 아기를 업고 좁은 창문을 열고 노래를 부르는 계집아이며, 속옷 빨래가 바람에 펄럭이는 장독대 너머로 한들거리던 여름 꽃들이며, 밤이면 캄캄한 하늘 곳곳마다 불 밝힌 창문들이 별처럼 반짝이던 것이며, 그리고 시장은 또 얼마나 근사했는지. 딱부리가 심부름을 다니며 오르내리던 봉제공장 누나들은 라디오를 크게 틀어놓고 노래를 함께 따라 부르기도 하고, 군만두를 그의 입에 넣어주며 깔깔대고 웃기도 했으며, 그녀들이 새로 지은 옷들은 꽃처럼 화사했다. 엄마가 벌여놓은 노점의 좌판에는 언제나 푸르른 푸성귀가 물기를 머금고 있었고, 찬물을 뒤집어쓰거나 얼음에 채워진 생선들은 미끈했다. 거긴 모든 게 살아 있는 곳이었다. 그렇기는 하여도 딱부리는 이곳을 지긋지긋하다고 생각하지는 않았다. 무엇보다도 이곳은 다른 세상이었다.

산동네의 골목에서 시장을 오가며 살았지만 딱부리는 도시에 속해 있었고, 버스며 지하철이며 육교를 건너 빌딩들이며 학교 은행 경찰서와 영화관 같은 것들이 어쨌든 그와 연결되어 있었다. 그런데 어느 날 엄마와 딱부리는 꿈속에서처럼 갑자기 획하는 순간 무슨 구멍이나 우물이나 아니면 낡은 문 같은 곳을 통과해서 사람들이 사는 동네와는 전혀 다른 이상한 도깨비 나라로 들어서고 말았다. 딱부리는 그렇게나 많은 갖가지 물건들이 만들어지고 가난뱅이든 부자든 온갖 사람들이 돈을 주고 사서 갖고 먹고 입고 쓰다가 끊임없이 버려져서 한곳에 모여들게 된다는 게 신통방통하기만 했다.

딱부리는 처음에 아무것도 모르고 아수라 아저씨가 시키는 대로 엄마를 따라 일선에 나섰다가 어른들 싸움을 만들고 말았다. 이선 사람들이 아수라 반장에게 불공평하다고 항의를 했고 어떤 여자는 엄마에게 대놓고 욕까지 했다. 그후로 딱부리는 이선에서 어른들에 부대끼며 남은 폐품들을 골라냈고, 엄마가 수집한 물건들을 날라다가 아래쪽에 쌓아놓고 종류별로 정리하는 작업을 주로 했다. 열흘이나 보름에 한 번씩 중간 수집상들이 몰려와서 그들이 골라놓은 폐품들을 사다가 재생공장으로 넘겼다. 아수라 반장네 구역은 알짜배기는 아니었지만, 그렇다고 큰강 건너편 북쪽 구역 같은 빈탕은 아니었고 중간쯤은 되었다. 동쪽 구역과 동남쪽 구역이었으니 도심지의 시장을 끼고 있었고 더러는 아파트의 부촌과 공장지역도 들어 있었다. 개인차 구역들은 대부분 도심 상업지구나 미군주둔지와 서남쪽의 공장지대와 강을 건너 남쪽의 중산층 아파트 대단지들을 차지하고 있었다. 협동환경이니 중앙재생이니 하는 회사 이름들을 내세운 개인차 사장들은 작업장마다 독점 계약을 맺고 일꾼들을 고용해서 폐품을 수집하고 수매까지 해서 재생공장에 넘겼다. 개인 고물상은 총수매 날에 상관없이 수시로 오토바이를 타고 와서 실어 내갔고, 만물장수들은 일 톤짜리 작은 트럭을 직접 몰고 와서 수매를 했으며, 개인차 사장들의 복서나 타이탄 같은 대형 트럭들은 정기적으로 하루에 몰아서 일괄 수매를 했다. 구청 구역에서는 총수매 날에 재생공장에 직접 물건을 넘기거나 가격이 맞으면 개인차에 넘기기도 했다.

딱부리 엄마는 시장에서 노점을 할 때보다 세 배는 더 벌었다면서 처음 수매가 있었던 날에 언덕 아래 매점까지 내려가서 막걸리를 한 상자나 받아다가 주위 어른들에게 한턱을 썼다. 총수매 날이면 야간작업을 하지 않는 어른들은 꽃섬 부근 시골 읍내의 공중목욕탕에 가서 때 빼고 광을 내고는 큰강 건너편의 변두리 번화가로 놀러 나갔다.

반장 아저씨는 시퍼런 점 때문이기도 했지만 처음 만날 때부터 딱부리에게 찍혀서 아수라라는 못된 별명을 얻었는데, 역시 그와는 웬수지간이 되기로 정해져 있었던 모양이다. 그건 어디까지나 엄마 때문이었다. 꽃섬에서 그들 모자가 권리금 한 푼 내지 않고 폐품 수집으로 돈 벌며 살게 된 것도 반장 아저씨의 도움이 컸으니까 딱부리는 고분고분 말도 잘 듣고 아버지라고까지 부르지는 못해도 삼촌이라고 부를 수는 있었을 것이다. 딱부리가 새벽에 문득 잠을 깨니 어딘가 이상했다. 그의 곁에 있는 게 엄마가 아니라는 느낌이 들었다. 등 뒤에 찰싹 붙어서 쌔근거리며 자고 있는 것은 아이의 작은 몸집이었다. 딱부리가 팔꿈치로 툭툭 건드리자 녀석이 뭐라고 잠꼬대를 하면서 뒤로 돌아누웠다. 아니, 땜통 자식이 왜 우리 방에 와서 자는 거야. 딱부리는 첫날 땜통이 느네 엄마와 울 아부지가 붙어먹을지도 모른다고 쌍소리를 지껄였을 때부터 엄마를 지켜야 한다고 결심하고 있었다. 딱부리는 하마터면 아빠 목소리를 흉내내어 외칠 뻔했다. 이 쌍노무 연놈들을 쳐죽여야지! 어둠 속을 더듬어 부엌살림이 놓인 출입구 옆의 상자에서 식칼을 집어들고는 옆방 문을 열었다. 문이라고 해봤자 각목에 비닐을 둘러친 것인데 안으로 걸쇠가 걸려 있었다. 딱부리는 까짓것 문풍지 뚫듯이 손가락으로 비닐을 찢고는 걸쇠를 벗기고 안으로 들어갔다. 방안은 바깥보다 더욱 캄캄했다. 작업할 때 쓰던 반사경이라도 쓰고 올걸 하는 후회가 됐다. 순간, 부스럭거리는 소리가 들리더니 눈앞이 번쩍했고, 나직하지만 위협적인 목소리가 들렸다.

누구야? 너 이 새끼……

딱부리는 눈이 부셔서 한 손을 쳐들어 빛을 가리며 물러섰
다. 손전등을 켜든 아수라가 벌거벗은 채로 일어나 그를 잡으
려고 팔을 뻗으며 달려들었고 딱부리는 뒷걸음질쳐서 밖으로
튕겨져나왔다. 아수라가 팬티 바람으로 문 앞에 서서 딱부리
를 손전등으로 훑어내렸다.

어쭈, 이 새끼 칼 들었네!

누가 왔어요?

안쪽에서 엄마의 목소리가 들리자 딱부리는 칼을 내던지고
오두막동네 길로 내달았다. 정신없이 내달려서 본부로 가는
마을 끝의 언덕 위로 올라갔고, 거기서 강변도로를 내려다보
며 동이 틀 때까지 앉아 있었다. 엄마와 아수라가 그 짓을 했
는지 아니면 그냥 발가벗고 끌어안고만 있었는지 딱부리는 확
실히 보진 못했지만 그들이 한 담요 속에서 함께 자는 것만은
알게 된 셈이었다. 반시간쯤 그렇게 멍하니 앉아 있노라니 차
츰 분기가 가라앉았고 섭섭한 마음도 사라져버렸다. 눈치로
자란 세월이라 딱부리도 이 동네 어른들이 어떤 식으로 살아
가는지 대강은 짐작하고 있었다. 여기 아이들은 제 부모의 일
인데도 남의 말 하듯이 킬킬대며 농담을 주고받고는 했다. 다
른 동네에서라면 쌍코피가 터지는 싸움이 일어날 만했는데도
서로 실실 웃으며 욕설이나 주고받다가 말았다. 수집꾼들 중

에는 일을 찾아 혼자서 들어온 남녀가 많았고, 홀아비나 홀어미가 자식들을 데리고 사는 경우도 많았다. 물론 온전한 식구들도 많았지만 그들은 대개 샛강 건너 시골동네에 셋집을 얻어 새벽부터 저물녘까지 일하다 출퇴근하는 사람들이었다. 오두막동네는 이천여 가구에 육천여 명이 복작대고 살았으니 시골 같으면 수십 개의 마을을 모아놓은 셈이었다. 같은 작업반에서 일하는 사람들은 물론이고 이웃 구역의 쓰레기하치장에서 일하는 수집꾼들과도 알고 지내게 되니 저녁에는 함께 술판에서 어울리는 날이 많았다. 싸움질도 했지만 화해도 잘했고 남녀가 서로 어우러져서 함께 몇 달 살다가 상대를 바꾸기도 했던 것이다. 아이들은 그런 어른들과는 또 다른 세상에서 저희끼리 살아가고 있었다. 사실 두더지나 딱부리처럼 일찍부터 어른 행세를 하면서 어른과 아이 사이를 왔다갔다하는 아이들은 채 십여 명도 못 되는 것 같았다. 여기선 열여덟이나 열아홉쯤 되어도 이미 어른들의 세상으로 넘어가버렸다. 딱부리나 두더지 같은 아이들에게 제일 무서운 건 그런 형들이었다. 어쨌든 딱부리는 이 많은 오두막동네 사람들 중에서 몇 명 안 되는 패거리에 끼게 되었다. 아버지가 행방불명된 뒤에 엄마와 딱부리가 가까스로 지키고 있던 가족의 연줄은 그날 끊어져버렸다.

일렬로 강변도로를 벗어나 샛강 다리를 건넌 새벽의 첫 쓰레기차 행렬이 몰려오는 걸 보고 일어나 딱부리는 언덕 아래 강변으로 슬슬 내려갔다. 쓰레기장의 작업에 들어가기도 그렇고 빈 오두막에 돌아가 삐친 얼굴로 버티고 앉았기도 어색한 노릇이었다. 오늘은 만사 제치고 땡땡이나 쳐야겠다는 생각이 들었다. 그런데 마땅히 갈 곳이 떠오르지 않았다. 그들 모자가 쫓겨난 저 도시에서는 산동네의 골목 말고도 놀이터나 공원도 있었고 시장통이나 오락실이나 만화방이나 아무튼 빈둥거릴 데가 쌔고쌨다. 딱부리는 아직 자기의 본부는 아니었지만 그 곳으로 내려가 정오 작업 시간까지 해골을 굴려볼 작정을 했다. 지난번에 왔을 때에는 한밤중이었고 땜통 녀석을 따라간 길이어서 단순하고 가까운 거리인 줄 알고 있었는데 언덕을 내려가면서 보니 알아볼 만한 거라곤 큰강뿐이었다. 땅콩밭이 있었는데…… 그는 속으로 혼자 중얼거리면서 잠깐 멈춰 서서 둘러보았지만 언제 파헤쳐 버렸는지 온통 흙더미뿐이었다. 그래도 말라붙은 줄기와 잎 들이 너저분한 게 이곳이 전에는 밭이었다는 걸 알 수 있었다. 밭두렁을 넘어서 내려가자 강변의 미루나무들이 보였고 억새와 잡초가 무성한 풀밭과 모래땅이 나왔다. 비탈길의 중간쯤에서 본부의 나지막한 블록 담벼락을 찾아냈다. 모래 속에 숨긴 줄을 찾아서 차양 막을 올리고 비닐장판 위의 모래도 털어내고는 주인처럼 들어가 앉았다. 안에 들어앉으니 세상의 다른 아무 것도 보이지 않았고 네모난 칸막이 안으로 들어온 풍경만 보일 뿐이었다. 강 왼쪽 먼 하늘가에서부터 동녘이 밝아오고 있는 중이었다. 강물은 검은색에서 차츰 하얗게 바래어가기 시작했고 건너편 아득한 곳에 보이는 아파트 동네의 불빛이 점점이 허공에 박혀서 반짝이고 있었다. 어느새 건너편 강변도로를 달리는 자동차의 전조등 불빛들이 희미하게 될 정도로 날이 밝아왔다.

형아!

땜통이 야구모자를 비뚜름하게 쓰고 네모난 풍경 속에 서 있었다.

여기 왔을 줄 알았다.

실실 웃으면서 중얼거리는 땜통에게 그는 심드렁하게 물었다.

인마, 내가 어째서 느이 형이냐?

내가 뭐랬어? 둘이 붙어먹을 거라구 그랬잖아.

딱부리는 땜통의 말에 어쩐지 화를 낼 수도 없어서 픽 웃으면서 대꾸했다.

그래서 나보구 형이라는 거냐?

딱부리보다는 형이 낫지, 히. 울 아부지가 너 찾아오랬다.

지금쯤 그들은 모두 쓰레기언덕에서 돈 캐느라고 정신이 없을 터였다. 딱부리도 어쩔 수 없이 화는 풀렸지만 겉으로는 삐친 것처럼 행동하면서 며칠 지켜볼 생각이었다. 엄마가 다른 남자와 잔다고 성질을 내봤자 여기는 주소도 번지수도 없는 땅이고, 사람이건 물건이건 모두 쓸모없는 것들이 모여든 곳이었기 때문이다. 사람도 여기서 빠져나가려면 재생공장 같은 데라도 찾아가야만 할 것 같았다. 해가 완전히 떠올라서 강물에 반사된 수많은 빛이 반짝이고 있었다. 땜통과 딱부리는 한참이나 강을 바라보며 앉아 있었다.

늘 이맘때면 배가 고파서 쓰레기를 뒤지다가 뭔가 먹을 것이 나오면 먼저 냄새를 맡아보고 요구르트나 주스 남은 것이든 베어먹다 버린 과일이든 비닐에 싸인 유통기한 지난 빵이든 새참으로 먹어치우곤 했다. 새벽일은 아홉시 무렵에야 끝나는데, 아침은 그뒤에 오두막에 돌아와서 지어먹곤 했다. 중심가와 상업지구의 청소차가 빠지면 복토작업이 끝나고 정오가 넘어야 아파트와 주택가의 쓰레기가 몰려들었다. 어른들은 새벽일이 끝난 오전 세 시간 동안 수집한 폐품들을 분류하고 하루의 살림 준비를 했다. 언덕 아래 입구까지 내려가 매점에서 물건을 구입하고 하루에 두 번 오는 급수차에서 물을 받아오기도 했다. 또는 쓰레기장에서 먼 강변까지 나아가 빨래도 하고 샛강 건너 시골 읍내로 나가기도 했다. 늦은 아침을 먹고 정오 무렵부터 어두워질 때까지는 줄곧 쓰레기장을 떠날 수 없었다. 주택가 쓰레기 처리가 끝난 늦은 오후나 저녁 무렵에 공사장이며 공장지대의 쓰레기들이 몰려드는데, 새벽시간과 함께 돈 될 만한 물건이 많이 나오는 때였다. 어른들이 살림을 해낼 짬이 별로 없으니 아이들은 언제나 배가 고팠다. 부모가 있는 애들은 늦기는 하여도 틈이 많이 나는 오전시간에 아침 겸 점심은 챙겨 먹었지만, 저녁은 일 끝나고 동네 빈터에서 술 추렴하기 십상인 어른들 틈에 끼어서 눈치껏 얻어먹어야 했다. 아이들은 어른들이 쓰레기장에서 걷어오는 먹을거리들을 저희끼리 집에서 아니면 꽃섬의 들판 아무 데서나 모여앉아 끓이고 굽고 삶아먹고는 했다. 거의가 유통기한 지난 통조림이나 비닐포장된 햄 소시지 아니면 수산시장에서 버려진 생선 등속이었지만, 아이든 어른이든 먹고 나서 배탈이나 식중독에 걸린 경우는 거의 없었다. 설사야 더러 했을 테지만 누구도 속이 어떻다는 말을 꺼내지도 않았다.

배고프지?

땜통이 물었지만 딱부리는 본부를 떠나기가 싫어서 못 들은 척하고 있었다. 녀석이 부스럭거리며 구겨진 비닐조각을 꺼내 들었다. 어른 손가락만한 소시지가 일렬로 들어차 있었는데 이미 옆구리가 찢겨 있었고 몇 개는 누군가 빼먹다 만 것이었다. 땜통은 맨 앞에 있는 소시지를 먼저 꺼내어 냄새를 맡아 보았는데, 앞쪽에는 흙먼지가 잔뜩 묻어 있었다.

냄새 좋다, 히.

땜통은 검게 흙이 묻은 소시지를 입안에 넣고 몇 번 쭉쭉 빨아 침을 뱉고는 그대로 베어먹기 시작했다. 딱부리는 도시에서 살던 시절이었다면 애초부터 이런 걸 입에 대지도 않았을 뿐만 아니라 권하는 녀석까지 그냥 내버려두지 않았을 거라고 생각했다. 아마도 이 물건은 방부제가 잔뜩 들어가 있을 테고, 어느 집 냉장고 구석에 처박혀 있다가 버려졌을 게 뻔했다. 딱부리도 이내 포장 비닐 안쪽으로 손가락을 깊숙이 넣어 소시지를 빼어먹기 시작했다.

맛도 좋은걸.

땜통과 딱부리는 소시지를 다섯 개씩 나누어 먹었다.

궁금한 게 있는데 한 가지 물어보자. 전에 너만 본다던 푸른 불이 뭐냐?

딱부리가 묻자 땜통은 갑자기 자세를 낮추고 목을 움츠리면서 주위를 둘러보았다.

너한테만 말한 거야. 다른 애들은 안 보인다.

인마, 그게 뭐냐니까……

나두 몰라. 밤에만 돌아다녀. 생긴 건 우리하구 비슷하다.

그럼 귀신이잖아?

무섭진 않아. 어른두 있구 애들두 있다. 남자 여자두 있구.

딱부리는 땜통의 말에 좀 김이 새는 느낌이었다. 더이상 그 괴상한 것들에 대해서는 물어보고 싶지 않아서 슬쩍 딴 데로 말을 돌렸다.

본부에 오는 애들은 몇명이냐?

응, 나까지 한 여섯 명? 대장이 허가한 애들만 올 수 있어.

땜통이 등을 펴고 자랑스럽게 말했는데, 딱부리는 그게 우습고 아니꼬워서 혼잣말로 중얼거렸다.

나는 아직 본부에 올 수 없다, 이거지.

그건 나두 몰라. 두더지 대장이 허가해야 된다.

두더지라는 녀석 나보다 크냐? 쌈두 잘해?

키는 형아가 더 클 거다. 두더지 대장 기운 무지 세다구.

딱부리는 궁금한 게 한두 가지가 아니라서 자꾸만 땜통에게 물었다.

넌 맨날 어디루 싸돌아다니는 거야?

사실 바로 옆에 붙어살면서도 딱부리가 녀석을 보는 건 언제나 늦은 저녁 때뿐이었다. 대개는 밥 때에도 땜통이 나타나지 않아서 그는 못내 궁금했던 것이다. 여기 와서 한 일주일이나 지났을 무렵부터 엄마는 아수라네 부엌에서 오전마다 음식을 만들었고, 양은쟁반 밥상 위에서 함께 밥을 먹곤 했다. 땜통이 자주 밥상머리에 안 보여서 오죽하면 딱부리 엄마가 아수라에게 묻기까지 했다. 그럴 때마다 아수라는 아무 대답이 없거나 잔뜩 찌푸린 눈으로 딱부리를 건너다보며 한마디했다. 여기 애새끼들 부모 말 듣는 놈 하나두 없다구.

여기선 학교두 안 댕기냐?

딱부리가 연거푸 묻자 땜통은 쾌활하게 대답했다.

학교, 여기두 있다. 가구 싶으면 간다. 오늘은 너랑 놀 거야, 히히.

다른 애들두 그러냐?

다들 그래. 매점 있는 데 샛강 쪽으루 교회 있어. 여기선 거기가 학교다.

그럼 맨날 학교엘 갔단 말야?

딱부리는 믿어지지가 않아서 약간은 비웃는 투로 물었더니 땜통이 순순히 대답했다.

아니, 한 군데 또 있어. 거긴 나만 간다. 빼빼네 집.

빼빼? 그게 누군데……

가보면 알아. 누구한테 말하지 않겠다면 형아두 같이 갈 수 있다.

딱부리는 본부에서 녀석과 단둘이 아무 짓도 않고 앉았기가 지루해져서 얼른 궁둥이를 털고 일어났다. 땜통이 지난번처럼 휭하니 앞장서서 언덕을 올라갔다. 녀석은 언덕 위에 오르자 잠시 딱부리를 돌아보더니 오두막동네와는 반대편 쪽으로 방향을 틀어서 내려갔다. 그곳은 토끼풀 강아지풀이나 키 큰 억새가 자라난 들판이었고, 군데군데 고철과 건축 폐기물들이 무더기로 쌓여 있었다. 꽃섬의 서북쪽 끝으로 가는 중이었다. 샛강 쪽으로 농막이 몇 채 보였고 시멘트 블록으로 지은 집과 비닐하우스도 보였다.

배추밭 사이로 걸어가는데 벌써 집안에서 요란하게 개 짖는 소리가 들리더니, 잇달아 여러 마리의 개들이 불규칙하게 짖어대는 소리가 들려왔다. 네모반듯한 상자 같은 집의 문이 밖으로 열리면서 머리카락이 사방으로 뻗친 여자가 상반신을 내밀었다.

삼촌 왔구나!

나이는 서른 남짓 되었겠고 파란색 등산복 상의에다 큰 꽃무늬의 몸뻬 차림이었는데, 할머니처럼 오글뽀글 파마한 짧은 머리가 풀어지기 시작해서 만화에 나오는 감전된 사람처럼 곤두서 있었다. 여자가 한쪽 팔로 감싸안은 것은 삐쩍 마른 주먹만한 크기의 강아지였는데, 녀석이 꼴에 이빨까지 드러내고

58

사납게 짖어대고 있었다. 너무 날카롭고 거세게 짖어대서 목청이 터져버리지나 않을까 걱정될 정도였다. 그뿐만 아니라 안쪽에서는 거의 열 마리쯤의 작은 개들이 제각기 뒤질세라 짖었다.

들와 들와, 얼른 문 닫으면 괜찮아.

딱부리도 뒤를 따라서 문 안으로 들어섰는데, 앞선 땜통이 강아지들을 일일이 쓰다듬어주고 여자가 안고 있던 작은 개의 주둥이에 손을 갖다대자 놀랍게도 고 녀석이 손을 핥기까지 했다. 집안은 금방 조용해졌다.

앉어 앉어, 근데 얘는 누구야?

여자가 묻고 땜통이 대답했다.

우리 형이야.

형 있다는 얘긴 못 들었는데.

쓰레기차에서 뚝 떨어졌다, 히히.

거기서 뭔들 안 나오겠냐, 깔깔.

여자도 따라 웃고는 더이상 딱부리의 갑작스런 방문에 대해서는 문제가 없다는 표정이 되었다. 땜통이 여자의 팔에서 작은 개를 끌어다 제 무릎에 앉히기에 딱부리는 그냥 주인여자에 대한 예의상 손을 뻗쳐 꼬마 개를 쓰다듬어주려고 했다. 그러자 캐캥 하는 소리가 들리고 어느 틈에 고놈이 그의 손등을 물었다. 딱부리는 어찌나 놀라고 아팠는지 비명을 지르며 벌떡 일어났고 방안의 개들은 일제히 어깨를 부풀리거나 꼬리를 감추고 물러서며 사납게 짖어댔다.

삐삐, 그만해!

땜통이 개의 목덜미를 두 손으로 쥐고 흔들면서 말하자 삐삐라는 개가 꼬리를 치면서 그의 사타구니 속으로 머리를 처박았다. 어이구, 밖에서였다면 대번에 발로 내지르거나 땅에다 패대기를 쳤을 텐데. 신통하게도 삐삐가 조용해지자 다른 개들도 모두 얌전해졌다. 땜통이 연신 개의 배를 긁어주면서 말했다.

삐삐가 이 집에서 대장이다, 히.

나이도 젤 많고 우리 집에 첫번째로 왔거든.

여자가 말하자 꼬마 개는 자기 얘기를 하는 줄 아는지 짓무른 눈을 들어 여자를 쳐다보았다. 딱부리는 땜통이 이 집을 삐삐네 집이라고 부르는 이유를 알게 되었고, 집안에 있는 개들 모두가 사람으로 치면 육십이 넘은 노인네들에다 성한 놈이 한 놈도 없다는 것도 알게 되었다. 삐삐는 열세 살쯤 된 치와와 순종이고, 다른 개들은 모두 여러 가지 개들의 잡종이었다. 긴 털이 부숭부숭한 놈, 짧은 털, 곱슬곱슬한 털, 흰색, 검정, 갈색, 얼룩무늬, 바둑무늬, 팔다리 긴 놈, 팔다리 짧은 놈, 주둥이긴 놈, 뭉툭한 놈, 제각각의 생김새에, 뒷다리 저는 놈, 앞다리 저는 놈, 두 다리 부러진 놈, 앞다리 굽은 놈, 귀 한쪽 베어진 놈, 눈 하나 없는 놈, 별의별 불구들이 모두 모여 있었다.

삼촌이 마침 잘 왔구나. 애들 밥 줘야지.

여자가 찬장에서 각종 그릇들을 꺼냈다. 옹기항아리 뚜껑, 뚝배기, 찌그러진 양은 세숫대야, 사기접시, 플라스틱 화분받침대 등속의 개 밥그릇을 주방 겸 거실이며 두 방 사이의 통로도 되는 비좁은 장판지 깔린 공간에 벽을 향해 일렬로 늘어놓았다. 땜통이 사료봉지를 끌어다 바가지로 퍼서 여러 그릇에 나누어 부어주기 시작하자 개들은 일제히 달려들었다. 삐삐만 특별히 제대로 된 스테인리스 개 밥그릇에 통조림 참치 버무린 밥 한줌을 주었는데, 몇 입 먹다가 물러났다. 땜통이 삐삐를 특별 대우하는 이유를 말했다.

얘는 아픈 할머니야. 밥을 줘야만 조금 먹는다.

개들이 밥 먹는 동안 씹는 소리며 그릇이 달각대는 소리 이외엔 사방이 조용했다. 마당 쪽에서 여러 개들이 짖는 소리가 들려오자 여자가 창밖을 내다보고 말했다.

저 애들두 밥 줘야지.

딱부리도 창밖으로 고개를 내밀어보니, 마당 한쪽의 비닐하우스에도 개들이 있는 것 같았다. 여자가 땜통을 돌아보고 말했다.

어젯밤에 김서방네 식구들이 먼발치에 보이더라.

나두 며칠 전에 여울목에서 봤어. 아저씨는 나한테 말두 안 붙인다.

그래두 삼촌한테 나타나는 걸 보면 모두 자길 좋아하는 게 틀림없어.

개들은 제각기 그릇들을 비우고 다른 개들의 밥그릇을 기웃거리며 넘어다니다가 질펀하게 눕거나 서로 으르렁거리기도 했다. 성한 개들처럼 부잡스럽지는 않았고 하반신을 장판 바닥에 질질 끌고 다니거나 세 개의 다리로 깡충거리며 돌아다녔다. 빼빼는 다른 개가 와서 제 밥을 싹싹 핥아먹는데도 한번 돌아보고 땜통의 사타구니로 다시 기어들었다. 꼬마 개는 꼭 할머니처럼 긴 한숨을 내쉬고는 딱부리를 짓무른 눈으로 바라보았다. 딱부리가 처음으로 여자에게 말을 걸었다.

이 개들 모두 어디서 온 거예요?

대답 대신 땜통과 여자가 서로 마주 보고 웃었다. 물론 이 더럽고 흉한 꼴의 개들을 돈 주고 사오지는 않았으리란 걸 딱부리도 뻔히 알고 있었다. 땜통과 여자가 차례로 말했다.

만물상 할아버지는 뭐든지 모아온다, 히.

얘들두 사람들이 다 버린 거야.

처음에는 남들이 잃었거나 버린 개를 한두 마리 데려오기 시작한 것이 개발지역의 주민들이 이사가면서 버리는 개들이 늘어나는 바람에 이렇게 되었다고 했다. 밖의 개들에게도 밥을 준다고 해서 땜통이 앞장서고 딱부리가 뒤따라 마당으로 나갔다. 여자는 드럼통으로 만든 화덕 위에 얹은 가마솥 뚜껑을 열고 들여다보았다.

여기 짬밥 들어와 있네!

여자의 아버지인 만물상 할아버지가 며칠에 한 번씩 시내 식당에서 잔반을 받아온다고 했다. 여자는 지함 몇 장을 가져다 가마솥에 불을 땠다. 그들이 마당에서 서성대는 소리에 개들이 흥분해서 요란하게 짖기 시작했다. 땜통이 비닐하우스의 문을 열고 들어서자 개들은 낑낑대고 짖고 꼬리를 세차게 흔들면서 달려들었다. 딱부리에게도 서너 마리가 한꺼번에 달려들어 허리에 매달리거나 껑충 뛰어올라 손을 핥았다. 거의 삼십여 마리의 개들은 방안의 늙고 병든 개들처럼 각양각색이었고 큰 개도 제법 많았다. 주인여자가 가마솥에 끓인 죽에 사료를 섞어서 플라스틱 세숫대야에 나누어 담으면 땜통과 딱부리가 그것들을 안으로 날라다가 일렬로 늘어놓았다. 그러고는 집안으로 들어가 여자가 끓여준 수제비로 점심을 먹었다.

하여튼 딱부리와 땜통은 그날 오후 내내 빼빼네 집 부근에서 저녁이 올 때까지 빈둥거리며 놀았다. 만물상 할아버지가 모아놓은 폐품들이 분류된 채로 집 근처의 빈터 곳곳에 무더기로 쌓여 있었다. 냉장고 세탁기 등은 저희끼리 따로 모여 있었고 텔레비전과 컴퓨터는 무슨 건물처럼 층층이 쌓였는데, 분해하는 작업장에 유리 파편과 철판 들이 널려 있었다. 맥주병 소주병 콜라 사이다병 따위의 유리병은 상자에 든 채로 쌓였고, 지함은 분해되어 종이처럼 다발로 묶어두었으며, 플라스틱 작은 것들은 물통이나 함지에 들어 있었고 큰 것들은 덩치가 비슷한 것들끼리 묶여 있었다. 만물상 할아버지가 오후 늦게 일 톤짜리 트럭을 몰고 돌아왔다. 고무줄로 휘감은 폐품들이 화물칸 위에 사람 키보다 더욱 높게 쌓여 있었다. 만물상 할아버지는 머리가 벗어지고 수염이 흰 육십대의 키 작은 노인이었다. 만물상 할아버지는 쓰레기장에서 다른 고물상이나 개인차 사람들처럼 폐품을 사들여다가 재생공장에 넘기기도 하고 전자제품들은 구청 구역에서 몰아다가 직접 분해해서 넘겼다. 전자제품을 분해하는 작업은 며칠에 한 번씩 벌어졌고 오후에 짬이 생긴 근처 여자나 노인 들이 와서 함께 일했다.

딱부리는 그날 이후 땜통을 은근히 존중하게 되었다. 쓰레기장 동네에서 아이들이란 고철보다도 쓸모없는 존재였다. 더구나 땜통같이 말도 어눌하고 모자란 녀석은 어느 누구도 상대하려고 들지 않았다. 새벽부터 황혼 무렵까지 눈코 뜰 새 없는 어른들에게 아이들이란 거치적거리는 장애물에 지나지 않았다. 딱부리는 어쩐지 땜통이 겉으로는 어수룩한 체하지만 실은 아주 웅숭깊고 똑똑한 애가 아닌가 하는 의심이 들었다. 본부에 데려가준 것쯤이야 어느 동네에나 그 비슷한 애들 놀이터가 있으니 약간 감탄한 정도였지만 삐삐네 집에서 보게 된 모든 광경은 딱부리의 야코를 죽여주기에 충분했던 것이다.

삐삐네 집의 뒷마당에 비닐하우스와 작은 쓰레기작업장만 있는 건 아니었다. 바로 거기서부터 삼각형 꽃섬의 서쪽 모퉁이까지는 버드나무와 느릅나무 뽕나무 싸리에 찔레까지 크고 작은 나무들이 숲을 이루고 있었고, 강변에는 억새 부들 갈대가 아이들의 키가 넘도록 자라나 있었다. 땜통이 그 숲 저쪽에 여울목이 있다면서 나중에 한번 가보자고 말했을 때 어쩐지 그 녀석이 목소리를 낮추고 눈알을 흘끔거려서 기분이 좋지 않았다. 어쨌든 늦은 오후까지 거기서 빈둥거리며 시간을 보냈기 때문에 딱부리는 좀 불안해졌다.

야, 동네루 가보자. 우릴 찾을 거야.

해지기 전까진 괜찮다, 뭐. 그래두 이젠 집에 가볼까?

땜통은 인사를 한다며 다시 집안으로 들어갔고 딱부리도 하는 수 없이 따라 들어갔다. 갑자기 나지막하게 음악소리가 들려오기 시작했는데, 여자가 어깨를 움츠리고 두 팔을 엇갈려 가슴을 싸안고는 부들부들 떨기 시작했다. 땜통이 황급히 주위를 두리번거리자 여자가 이를 악문 얼굴을 돌려 턱짓으로 가리켰다.

저기 방안에……

물론 가사는 나오지 않았지만 딱부리도 잘 아는 곡이었다. 욕심쟁이 못난이야 아직도 자느냐 아침 해가 떴다 어서 일어나라 딩동댕 딩동댕. 여자가 갑자기 두 다리를 주욱 뻗더니 뒤로 자빠졌고 두 팔은 뻣뻣 다리는 좌우로 비틀며 허우적거렸다. 두 눈은 허옇게 뒤집혔고 입에서 게처럼 거품이 부글부글 끓어 넘쳤다. 땜통이 방안으로 뛰어가서 어떻게 했는지 자명종 음악소리가 멈추었는데, 여자는 아직도 뻗정다리로 방바닥을 부비며 허우적거리고 있었다. 딱부리는 너무도 놀라고 무서워서 문가로 달려가 여차하면 달아나려고 신발을 주워들고 있었다.

왜 저러는 거냐?

딱부리가 겁에 질려 물었지만 땜통은 반으로 접은 방석을 여자의 목 아래로 밀어넣어주고는 가만히 지켜보고만 있었다.

시간이 됐거든, 히.

땜통은 놀라기는커녕 이런 일에 대해서 잘 알고 있다는 듯이 태연하게 웃어 보이기까지 하는 것이었다. 얼마나 지났을까, 여자가 부스스한 얼굴로 일어나 앉더니 땜통과 딱부리를 처음 보는 것처럼 빤히 쳐다보았다.

오늘은 좀 일찍 왔네.

땜통이 대수롭지 않게 말했다. 딱부리는 영문을 몰라서 두 사람을 번갈아 쳐다보기만 했다. 여자가 땜통을 그제야 알아봤는지 이번에는 딱부리에게로 눈길을 주었다.

너는 강아지들 삼촌이고 얘는 또 누구냐?

우리 형이라니까. 쓰레기에서 뚝 떨어졌다. 아줌마는 누구더라?

나는 여울목 버드낭구 할미다.

무슨 할미가 이렇게 젊어?

원래부터 각시인데 나이가 많으니 할미지.

그런데 왜 이 집에 놀러 왔어?

내가 이 여자 몸주가 됐거든. 걱정이 하도 많아 도와달라구 왔지.

땜통은 천연덕스럽게 목소리와 표정이 변해버린 여자와 대거리를 하고 있었다. 여자는 등산복에 달린 모자를 당겨서 쓰고는 앞장서서 집 밖으로 나갔고, 땜통과 딱부리도 그 뒤를 따랐다. 벌써 눈치를 챘는지 마당에서 짐을 정리하던 만물상 할아버지가 면장갑을 벗으며 다가왔다. 그는 손을 뻗어서 딸의 얼굴을 쓰다듬고 눈꺼풀을 까보기도 했다.

한동안 멀쩡하더니 또 실성한 거냐?

여자가 그의 손을 뿌리치지 않고 다소곳하게 말했다.

내가 마실 다녀와서 밥 해주께.

그냥 집에 있거라. 애들하구 강아지 데리구 놀아.

아버지가 말했지만 딸은 들은 척도 않고 휘적휘적 숲을 향하여 걸어갔다. 땜통과 딱부리가 그녀를 따라가자 뒷전에서 만물상 할아버지가 일렀다.

멀리 못 가게 해라. 어두워지기 전에 집으루 데리고 와.

무릎을 스치는 강아지풀이나 가시풀 따위를 헤치고 나아가다가 억새가 제 키 높이로 자라난 곳에 이르러 딱부리는 걸음을 멈추었다. 여자는 거침없이 두 손으로 풀을 헤치며 걸어갔고 땜통도 여전히 뒤를 따라갔다.

저 아줌마 어딜 가는 거야?

딱부리의 말에 땜통이 뒤돌아보더니 대꾸했다.

여울목에 간다. 거긴 아무나 못 가는 데야.

딱부리는 내키지 않았지만 얼굴에 스치기도 하고 눈을 찌르기도 하는 억새풀을 양손으로 헤치면서 뒤를 따라갔다. 키 큰 나무들이 나타나기 시작했고 숲 그늘 아래쪽에는 모래땅이 드러난 곳이 많았다. 나무가 둘러선 가운데 절반쯤 무너진 작은 전각이 보였는데 문짝도 떨어져나가고 지붕에는 벗겨진 기왓장 아래로 수수깡 섞인 흙덩이가 드러나 보였다. 전각 옆에 아름드리 고목이 보였지만 키는 별로 커 보이지 않았다. 굵은 등치에 썩은 구멍까지 뚫린 몸통에서 사방으로 뻗어나간 길고 여린 가지 위에 아직도 새파란 잎사귀가 매달려 있었다. 나중에 만물상 할아버지가 이르기를, 전각은 꽃섬의 당집이고 수백 년 묵은 버드나무 고목이 당나무였다고 한다. 주민들이 마을 굿을 벌이던 것도 오래전 일이고 이제 마을이 없어져버렸으니 당집이 허물어진 건 당연하다고 그랬다. 어쨌든 딱부리는 본부 외에도 여울목이 저녁 무렵에 가장 근사한 장소라는 걸 알게 되었다. 섬의 서쪽 끝자락의 둔덕 위에서 노을에 반사된 하늘과 강물을 가장 길게 내다볼 수 있는 곳이었다. 여자가 두 손으로 비손을 올리면서 당집 주위를 맴돌다가 떨어져나간 마루 판자를 주워다 가지런하게 맞추어놓기도 했다.

하이고, 식구들이 부디 흩어지지 말고 모여 살아야 될 텐데.

그 여자 빼빼네 엄마는 뭐라고 끊임없이 중얼거리면서 주위를 돌아다니다가 바위 옆에 굴러다니는 나뭇가지를 집어서는 몇 번이고 쓰다듬다가 억새숲으로 던져넣으며 중얼거렸다.

그저 가장이 줏대를 세워야 모두 힘이 나는 게야.

땜통은 헤 웃는 얼굴로 빼빼엄마의 뒤를 졸졸 따라다니고 있었고, 딱부리는 그들과 떨어져서 여울목 주위의 무너진 당집 툇마루며 흩어진 기왓장과 섬돌과 바위에 벋어나간 환삼덩굴이며 모래땅 곳곳에 번성한 달개비 질경이 물쑥에 명아주까지 찬찬히 살피고 있었다. 여자가 갑자기 지는 해를 등지고 검은 그림자가 되어 땜통에게 묻고 있었다.

내가 누군지 알아?

버드낭구 할미다, 히.

어두워지기 전에 집으루 데려오랬어.

딱부리도 기죽지 않고 땜통에게 주의를 주었다. 빼빼엄마가 정신이 들락날락하는 미친년이 분명하다고 생각했지만, 딱부리는 자기 입으로 그렇게 말하지는 않았다. 땜통과 딱부리가 여자의 양손을 잡고 만물상 집으로 돌아왔을 때 그녀의 아버지는 기다리고 있다가 딸의 어깨를 붙안고 집안으로 데려갔다. 개들이 펄펄 뛰고 짖으면서 그들을 반겼다. 어느새 날이 저물어 주위가 어둑어둑해졌다.

정말 굿이라두 한판 벌여야 할까부다.

만물상 할아버지가 중얼거리자 땜통이 말했다.

아줌마는 아프지 않다구요.

전처럼 집 나가서 돌아다닐까봐 걱정이다. 내가 일 나가면

애 혼자 있거든. 너희들이라도 자주 놀러 와라.

여자가 어느 결에 정신이 들었는지 부스스 일어나 저녁 준비를 시작했고 아이들은 땅거미가 내린 들판으로 나섰다. 딱부리는 이제 세상에서 땜통과 가장 가까운 사이가 되어 있었다. 본부를 아는 아이들은 몇 명 되겠지만, 빼빼네 집에 대해 자세히 알게 된 사람은 딱부리 자신밖엔 없는 셈이었다. 땜통과 딱부리는 아직은 쓰레기장이 잠식하지 못한 샛강말 농부들의 밭고랑과 유휴지의 들판을 가로질러 섬의 동쪽 쓰레기장 쪽으로 걸어갔다.

여기 왔던 걸 아무한테두 말하면 안 된다.

땜통이 자못 의젓하게 말했고, 딱부리도 무시하지 못하고 고분고분 대답했다.

그래, 알았어, 절대 비밀이다.

딱부리는 아직도 아리송한 점이 많았지만 땜통에게 대놓고 물어볼 수는 없어서 아까처럼 빙 돌려서 질문했다.

그 푸른 불빛이란 게 김서방네 식구들이냐?

쉿, 그이들 요 근처에 있을지두 몰라.

땜통은 어둑어둑해진 들판 주위를 둘러보며 목소리를 낮추었다.

빼빼네 아줌마한테 버드나무 신이 들어왔다 나갔다 한다는 거지?

그렇다니까.

딱부리는 너희들 머리가 이상해진 거라고 차마 말할 수가 없었다. 아무튼 꽃섬으로 이사온 뒤에 가장 재미있었던 하루였다. 그는 땜통과 함께 지니게 된 비밀이 어쩐지 든든했다. 까짓것 엄마는 아수라하구 붙어먹으라지, 내게두 새로운 세계가 나타났으니까, 하는 심정이었다. 그들이 파헤쳐진 땅콩밭 자리를 지나던 참인데 누군가 어둠 속에서 벌떡 일어났다.

어이, 땜통!

상대가 부르는 소리에 놀란 땜통이 뛰려고 하자 두 아이가 달려들어 땜통을 땅바닥에 쓰러뜨려서는 힘껏 눌렀고, 딱부리는 참견할까 말까 망설이며 앞을 가로막은 큰 녀석을 향해 서 있었다. 큰 녀석이라고 해봤자 그중 좀 커 보인달 뿐 딱부리보다는 머리 하나만큼 작아 보였다.

니가 새로 왔다는 놈이냐?

딱부리는 짐작으로 녀석이 두더지라고 생각했다. 미리 땜통에게 들어서 알고 있었기 때문에 먼저 기가 죽어서는 안 된다고 생각했다.

잘 부탁해. 나 딱부리라구 한다.

옆의 두 아이들이 그의 별명을 듣고 키득키득 웃었지만 두더지는 인상을 쓰면서 말했다.

너 몇 살이냐?

열여섯 먹었다.

그는 산동네에서 형들과 맞먹을 때처럼 두 살을 올려서 대꾸했고, 땅바닥에 주저앉혀진 땜통이 외쳤다.

울 아버지 구역에서 일두 한다구.

두더지는 안심했다는 듯이 처음보다는 훨씬 풀어진 얼굴로 말했다.

어쨌든 내가 이 동네 먼저 왔으니까 너보다 형이다. 니들 멋대루 본부에 드나들었다면서?

딱부리는 그들이 땜통을 보자마자 덮친 이유를 알게 되었다. 그애들 중 누군가가 본부를 오가는 둘을 보았던 모양이다. 두더지와 적이 될 필요는 없다고 생각했기 때문에 딱부리는 웃으면서 말했다.

땜통이 니 얘기를 하길래 거기에 있나 보려고 찾아갔던 거다.

뭐 땜에?

친구 하면 안 되냐?

하면서 딱부리가 어른들 하는 식으로 악수를 청하자 두더지가 고개를 돌리고 픽 웃었다.

맘 약하게 만드네 이거……

두더지는 딱부리의 손을 가볍게 잡았다가 얼른 놓았다. 둘이 악수하자 아이들의 분위기가 대번에 바뀌어버렸다. 두더지가 앞장서서 본부 쪽으로 가는 언덕을 오르기 시작했고, 모두들 앞서거니 뒤서거니 하면서 걸었다. 본부에 이르자 아이들이 차양을 걷어올리고 두더지는 촛불을 두 개나 켰다. 그는 애들이 가져온 비닐봉지를 책상 위에 올려놓고는 쭈그리고 앉은 자세로 말했다.

야, 이거 밤이슬이 내려서 궁둥이 다 젖겠네. 기둥 세우고 지붕을 얹어야겠다.

두더지는 처음부터 아이들과 함께 저녁을 지어먹으려고 그랬는지 비닐봉지 안에서 먹을거리들을 끄집어냈다. 애들은 누가 시키지 않았는데도 각각 음식물과 깡통을 들고 강변으로 내려갔고, 땜통은 기름통을 잘라 만든 화덕 안에다 종이박스를 잘게 찢어서 불 땔 준비를 했다. 두더지가 어색하게 떨어져 앉은 딱부리에게 말했다.

어이, 딱부리라구 그랬나? 니가 다음번에 우리 모일 때까지 지붕 만들 수 있겠지?

나두 지붕이 있으면 좋겠다구 생각했어. 니가 도와주면 낼이나 모레나 당장 만들 수 있다.

마, 난 개인차 구역이라 바쁘단 말야. 좋아, 각목이랑 필요한 것들은 내가 모아줄 테니까 니가 땜통하구 한번 근사하게 지붕을 올려봐라.

아이들이 강에서 취사 준비를 해가지고 올라왔다. 깡통에 물을 떠왔고 수산시장 쓰레기에서 나온 생선 두 마리의 몸통을 절반으로 잘라서 손질해왔다. 딱부리도 여기 와서 늘 보던 것들인데, 상하기 직전이거나 유통기한을 훌쩍 넘긴 식품이라도 고추장 된장 넣고 푹 끓이면 언제나 맛이 그만이었다. 거기에 라면을 털어넣거나 식은 밥이라도 몇 덩이 넣으면 서로 다투어가며 먹을 만했다. 앉은뱅이책상 아래에는 숨겨놓은 냄비와 깡통이며 나무젓가락에 숟가락까지 있었다. 땜통은 검게 그을린 작은 기름통 화덕 앞에 엎드려서 골판지로 불을 땠다. 갑자기 플라스틱 타는 냄새가 주위에 퍼지자 두더지가 땜통의 뒤통수를 쥐어박았다.

새끼야, 고약한 냄새 나잖아. 그러니까 불 때기 전에 말끔하게 긁어내야지.

우리 동네 냄새보다 나은 거 같은데.

딱부리의 말에 두더지가 순순히 받았다.

그래서 우리가 본부를 만든 거란 말야.

그건 그랬다. 딱부리가 엄마를 따라서 처음 이 동네에 오던 날 땜통이 본부에라도 데려오지 않았더라면 그는 아마 세상이 막막해져서 당장 도망가려고 했을 것이다. 땜통은 불 때기를 그만두고 주둥이를 쑥 내민 얼굴로 물러나 있었다. 무엇보다도 머리를 얻어맞은 것에 대한 화가 풀리지 않는 모양이었다. 아이들은 어른들과 쓰레기장의 파리떼를 피해 풀냄새와 물비린내가 싱싱하게 풍기는 강변에서 저녁을 지어먹고 두더지부터 차례로 천막조각 위에 나란히 누웠다. 강변도로의 가로등과 건너편 도시의 조명 불빛 때문에 하늘이 부옇게 보였지만 그래도 그 속을 뚫고 별이 몇 점 가물대고 있었다. 두더지가 어디서 구해왔는지 담배 한 대를 꺼내어 불을 붙여 물더니 몇 모금 빨고는 딱부리의 머리 위로 내밀며 말했다.

한 모금 해라.

딱부리는 잠깐 멈칫했다가 담배를 받아들었다. 산동네에서도 형들이 담배를 권할 때가 있었는데, 몇 번 거절했다가 아직도 꼬마라느니 그러면 영영 좆 털이 안 날 거라는 등 핍박을 받은 적이 있어서, 익숙한 척 담배를 받아 한 모금 빨고는 그냥 건성으로 연기를 푸욱 내뿜었다. 기침을 해도 대번에 초짜라고 무시를 당할 게 뻔해서 공중으로 길게 내뿜어버렸다. 다행히도 두더지는 하늘만 보고 있어서 그의 서투른 흡연은 보지 못했다. 몇 모금 빨고 나서 누구 피울래, 하는 시늉으로 딱부리가 담배 쥔 손을 쳐들어 보이자 그의 옆자리에 누운 맹꽁이라는 아이가 얼른 채갔다.

며칠 있으면 추석이구나.

두더지가 혼잣말처럼 중얼거렸다. 딱부리는 신기하단 생각이 들어서 그에게 물었다.

여기서두 명절 쇠냐?

제사 지내는 집두 있지. 어른들은 놀러 나갈 테구.

어디루 가는데?

강 건너 시내로 나간다. 거긴 없는 게 없다구.

두더지가 딱부리를 돌아보며 덧붙였다.

너하구 친구 하면 내 손해지만 받아줬다. 애들이란 게 예배당 학교나 댕기는 꼬마들뿐이거든. 그 대신 지붕 만들어놔라.

알았어. 야, 그런데 너한테 두더지라구 불러두 되는 거지?

별명을 바꾸든지 해야지, 니미.

아무튼 땜통이 걱정하던 딱부리의 본부 신고식은 그렇게 부드럽게 통과가 되었다.

3

새벽부터 계속되던 중심가와 상업지구의 쓰레기작업이 여느 때처럼 오전 아홉시 무렵에 끝났다. 불도저가 곳곳마다 무더기로 쌓인 쓰레기를 평평하게 밀어냈고 연이어 흙을 가득 실은 덤프트럭들이 그 위에 복토작업을 시작했다. 아수라 반장네 수집꾼들은 각자 수집한 폐품을 바구니에 담아 공터 쪽으로 운반했다. 그들은 쓰레기장과 공터를 오르락내리락하며 새벽작업의 결과물들을 모아다가 자기네 구역 보관소에서 분류하고 무게를 재고 각자의 작업량을 확인받았다. 반장이 작업량을 일일이 수첩에 적어넣었는데, 한 달에 두 번 있는 총매수 날에 재생공장 측으로 넘기면 작업반 전체의 수입이 들어오고, 그것을 각자에게 일한 만큼 나누어주었다. 추석 전날이라 며칠 전부터 상업지구의 쓰레기가 전보다 배는 늘어났고, 이미 정오가 지나서 몰려드는 아파트와 주택가의 음식쓰레기는 보통 때보다 몇 배나 쏟아졌다. 그러나 쓰레기가 본격적으로 쏟아지는 것은 역시 추석 지나고 이삼 일 동안이 될 모양이었다. 여기서도 모두들 대목이라고 부르는데, 지함을 비롯한 종이류와 비닐 등속이 엄청나게 늘어날 것이다. 명절 휴일로 사흘이나 쉬게 되니 다음주부터는 수집꾼들 모두 쓰레기장에서 내려올 생각을 말아야 한다고 벌써부터 걱정들이었다.

애, 내려가서 물 좀 길어다주렴.

오두막에 이르자 엄마가 딱부리에게 말했다. 딱부리는 이제 그들 모두의 살림집이 된 아수라 반장네 오두막의 부엌칸에서 하얀 플라스틱 물통 두 개를 집어들고 동네를 나섰다. 그에게는 온 식구가 마주 앉아 늦은 아침을 먹는 이맘때가 못 견딜 정도는 아니었지만 갈수록 쑥스러운 기분이 들었다. 이제 아수라는 자연스럽게 가장이 되었고 엄마는 고분고분하게 그의 아낙이 되었다. 땜통과 딱부리는 그 비좁은 양은쟁반 밥상 위에 머리를 모으고 함께 밥을 먹었다. 아수라가 그들에게 아침은 온 식구가 꼭 함께 먹도록 엄하게 일렀기 때문이었다. 땜통은 교회 학교에 다니다 말다 했는데, 아수라도 녀석이 공부를 하든 말든 상관하지 않았다. 다만 딱부리처럼 현장에서 폐품을 직접 수집하는 일은 못 한다 할지라도 이선 뒤에서 수집된 폐품들을 바구니에 담거나 아래로 운반하는 일을 돕도록 했다. 그렇지만 땜통이 오늘은 학교에 가야겠다고 나서면 일하라고 강요하거나 말리지는 않았다. 사실은 딱부리도 엄마처럼 새벽부터 오후 그리고 밤까지 내리 세 탕을 다 뛰지는 않았다. 중심가와 상업지구의 쓰레기가 몰리는 새벽일은 빠지지 않고 했지만 오후의 주택가 쓰레기 일이나 저녁 무렵의 공사장과 공장 쓰레기 일은 건너뛰는 날도 있었다. 아수라도 일거리가 많아지는 월요일에는 엄마를 거들도록 일렀지만 보통 날에는 땜통과 교회 학교에 가본다고 핑계를 대면 뭐라고 야단을 치진 않았다.

이맘때면 취사를 준비하는 아낙이나 아이들이 매점과 급수차 부근에 붐볐다. 딱부리도 급수차의 수도 앞에 줄지어 놓인 각양각색의 물통 뒤에 제 물통을 얌전히 세워두고 사람들 틈에서 기다렸다. 매점과 관리사무소 아래쪽에 교회의 카키색 군용천막 두 채와 얼마 전에 지었다는 반달 모양의 조립식 건물이 보였다. 앞마당에는 햇빛을 받아 반짝이는 자가용과 승합차들이 몰려 있고 울긋불긋한 현수막이 걸린 것이 무슨 행사를 벌인 모양이었다. 조립식 건물 지붕에 얹힌 나팔 스피커에서 찬송가가 요란하게 울려퍼지고 있었다. 딱부리 차례가 되어 물을 받아 양손에 쥐고 걷기 시작하는데 아무래도 힘에 부쳤다. 어칠비칠 걸어가다가 조금 쉬고 다시 걷고는 했다. 사람들로 붐비는 매점 앞을 지나가는데 땜통의 야구모자가 보였다.

야, 땜통아!

딱부리가 외치는 소리에 녀석이 얼른 돌아보더니 반가운 얼굴이 되어 달려왔다.

형아, 물 받아오는 거야?

보면 모르냐? 아침두 안 먹구 어딜 쏘다녀……

나 교회 학교 간다. 거기서 떡두 주고 라면두 배급준다는데.

정말? 나두 가면 안 되냐?

이 동네 아이는 누구나 가두 된다, 히.

좋았어, 물통 갖다두고 같이 가자.

땜통과 딱부리는 느린 걸음으로 판자촌 오두막동네 길에 들어섰다. 땜통이 딱부리가 쥔 물통 손잡이를 좌우로 왔다갔다 하면서 거들어주어서 훨씬 빨리 집에 도착했다. 엄마가 물통을 받아 안으로 들이면서 말했다.

아유, 오늘은 둘이서 물 받아왔네.

그들이 안으로 들어서지 않고 내뺄 기색을 보이자 엄마가 말했다.

느이들 아침 안 먹을 거냐? 그러다 반장님한테 혼날 텐데.

딱부리가 말했다.

교회 가면 떡도 주고 라면도 배급준대.

엄마가 은근히 반색을 하면서 말했다.

라면 배급? 그래, 어서 가서 받아와야지.

땜통과 딱부리는 비좁은 동네 길을 내달려서 빠른 걸음으로 매점 앞을 지나 교회 쪽으로 내려갔다. 벌써 주위에는 찬송가 대신 전도사가 외치는 기도 소리가 반달집 지붕 위의 스피커를 통해서 울려퍼지고 있었다. 땜통이 말했다.

예배 보는구나. 저거 다 끝나야 뭘 주게 될 거야.

땜통은 눈치가 멀쩡했다. 딱부리도 땜통의 뒤를 따라서 학교로 쓰는 군용천막 쪽으로 가보았다. 얼마 전에 딱부리도 땜통을 찾으러 왔던 적이 있어서 천막 하나는 유치부이고 다른 하나가 초등부 교실이라는 걸 알고 있었다. 유치부 천막에는 바닥에 비닐장판을 깔았고 플라스틱 싸구려 장난감이 가득한 나무 선반도 있고 조리대도 있었다. 초등부에는 비록 고물이긴 했지만 책상 걸상도 있고 바퀴가 달린 칠판도 있었다. 그들이 주목한 것은 유치부 천막이었다. 라면박스와 스티로폼 도시락이 그득하게 쌓였는데, 안쪽 벽에다 '천국교회 선교부'라고 크게 박은 현수막을 두 남녀가 걸고 있는 참이었다. 땜통과 딱부리는 천막 밖에서 기다려보기로 했다.

예배가 끝났는지 반달집 앞문이 열리면서 사람들이 쏟아져 나왔다. 먼저 아이들과 봉사하는 야학 선생님들이 나왔고, 정장 차림의 머리가 희끗한 목사와 그 옆에 후줄그레한 작업복 차림의 전도사, 연이어 이 동네 사람들과는 전혀 다른 차림새의 여자들이 꾸역꾸역 몰려나왔다. 외부 손님들은 우선 뽀얀 얼굴에 화장을 했고, 화려한 원피스에 스웨터를 걸치거나 바바리코트에 모자를 쓴 여자도 보였고 정장을 입은 여자도 있었다. 엄마를 따라온 아이들도 몇 명 보였다. 그들은 모두 삼십여 명쯤 되는 것 같았다.

자자, 여러분, 사진 찍읍시다. 목사님 장로님 그리고 여신도 회장님, 전도사님도 모두 이쪽으로 오세요.

사진기를 가진 젊은 여자가 외치자 그들은 누가 시키지 않아도 현수막 아래에 열을 지어 섰다. 대부분이 중년 여자들이었는데, 그녀들이 두 줄로 늘어서자 갑자기 삭막했던 군용천막 안이 환해진 것 같았다. 그녀들의 아이들도 얌전하게 엄마 옆에 섰다. 그들이 한군데로 모이자 꽃밭 같은 냄새가 풍겼다. 사진기를 목에 건 여자가 다시 외쳤다.

애들아, 너희들두 이쪽으로 와서 앉아라.

천막 밖에 섰던 아이들이 와글대며 몰려들자 목사와 나란히 섰던 전도사가 나서더니 팔을 들어 막는 시늉을 했다.

초등부는 거기 서 있고 유치부 친구들만 이 앞에 앉아요.

머리통이 큰 녀석들은 슬금슬금 되돌아나왔고 땜통과 딱부리도 천막 밖으로 나왔다. 유치부 아이들이 봉사원 여선생님의 인도에 따라 차례로 줄을 지어 어른들 발치에 앉았다. 여신도 회장이 줄에서 빠져나와 제일 어린 네 살짜리 아이를 안고 쪼그려앉자 여자들이 앞다투어 작은 아이들을 무릎에 올려놓거나 안아들고 자세를 잡았다. 앞에서 바라보면 바닥에 앉은 유치부 꼬마들과 뒷전에 늘어선 어른들의 차림새와 몰골이 너무 달라서 마치 밀림 속 오지를 방문한 여행자들의 기록영화 장면과도 같았다. 딱부리는 천막 밖에서 그들의 사진 찍는 모습을 훔쳐보다가 갑자기 가슴 한복판을 얻어맞은 것 같은 느낌을 받았다. 주위의 다른 모든 곳은 좀더 어두워지고 한 자리만 환하게 밝아진 것 같았다. 소녀의 길지도 짧지도 않은 생머리가 뺨을 지나 어깨에 내려와 나풀거렸고, 얼굴은 갸름하고 하얀데다 입술이 촉촉하게 빛났다. 소녀는 짙은 초콜릿색의 교복 차림이었고 곁에 서 있는 엄마인 듯한 여자가 한쪽 팔로 소녀를 감싸고 있었다. 아마도 딱부리 또래거나 한두 살쯤 더 먹었을지도 몰랐다. 어쩌면 저런 애들은 거의가 비슷한 분위기를 갖고 있을까.

딱부리가 살던 산동네에서 아래로 내려와 육교를 건너면 맞은편에 전혀 다른 동네가 있었다. 그만그만한 규모에 제각기 나무와 꽃을 심은 마당이 있는 중산층 동네가 있고, 안으로 좀 더 들어가면 그 구역의 유일한 공원인 숲이 고스란히 남아 있는 산이 나왔다. 산자락 아래를 따라 너른 정원에 둘러싸인 고급 주택들이 시작되는데, 반듯하게 정비된 도로의 모퉁이마다 방범초소가 있었다. 딱부리가 소녀와 마주친 것은 육교에서였다. 딱부리는 몇 정거장 지난 곳에 있던 시장에서 돌아오는 길이었고, 그녀는 하굣길이었을 것이다. 교복으로 보아 소녀는 중학생이었다. 육교 위에는 몇 사람이 좌우로 엇갈려 지나고 있었지만 그녀를 저만치서 본 순간, 딱부리는 그녀와 자기만 마주 걷고 있다고 느꼈다. 그리고 그렇게 기억이 멈추어버렸다. 딱부리는 그뒤부터 시간을 대충 가늠해서 육교의 아래 위에서 서성거렸다. 드디어 한번 더 정면으로 그녀와 마주치게 되는 기회가 왔다. 소녀가 버스에서 내려 계단을 오르는 모습을 보고 반대편 계단으로 올라갔다. 이번에는 행인도 거의 없었다. 서류봉투를 든 정장에 넥타이 차림의 남자가 빠른 걸음으로 걸어왔고, 뒤처져서 그녀가 한결같은 걸음걸이로 천천히 다가왔다. 뺨 위의 작은 점과 가느다란 앞머리 핀까지 자세히 보였다. 소녀는 무심하게 도로 표지판이나 육교 난간을 보듯 그냥 한번 힐끗 딱부리 쪽을 보면서 지나갔다. 딱부리는 차마 돌아보지 못하고 육교 끝까지 걸어갔다가 돌아섰다. 그녀가 지금 막 건너편 육교의 계단을 내려가 보도에 발을 내딛는 순간이었다. 딱부리는 그쪽을 향하여 몸을 돌려 걷다가 멈춰 섰다. 가만있어, 내 학생 때 이름이 뭐였지? 정호, 최정호……라고 중얼거리다가 딱부리는 천천히 산동네 쪽으로 걸어갔다. 한참이나 지나서 아마 계절이 바뀌었을 때인데, 그가 두툼한 코르덴 점퍼를 입고 있었으니 겨울이었을 것이다. 딱부리는 같은 시간쯤에 육교 주변에서 어슬렁거리다 다시 한번 소녀를 보았고, 이번에는 건너가지 않고 기다렸다가 계단을 내려온 그녀를 멀찍이서 따라갔다. 소녀는 훨씬 안쪽의 공원 주변 주택가로 가서 방범초소를 지나 계단 위에 있는 철문 안으로 사라져버렸다. 딱부리가 길다란 담장 아래에서 올려다보고 있는데, 짙은 곤색 경비원 제복을 입은 아저씨가 슬슬 걸어오더니 다짜고짜 딱부리의 목덜미를 잡았다. 너 여기서 뭐하냐? 그냥요. 너 어디 살어? 저 건너요. 경비원이 딱부리의 아래위를 훑어보고는 말했다. 여기서 어물대지 말고 얼른 느이 집 가봐라. 딱부리는 그때 아버지를 생각했다. 아버지는 바로 저런 집 철문을 떼러 다녔을까.

단체로 기념사진을 찍고 나서 천국교회 여신도회에서 마련한 위문품인 라면 오백 상자 전달식은 사진을 한 장 찍는 것으로 대신했다. 여신도 회장과 전도사가 라면 한 상자를 마주 잡고 웃는 장면이었다. 일행 중에는 사진기를 가진 사람이 많아서 행사가 끝난 뒤에도 서로를 찍고 또 찍었다. 여자들은 그러면서도 주위를 돌아보며 연신 두 손으로 코를 감싸쥐었고, 사진 찍던 젊은 여자가 모기약 뿌리듯이 방향제를 허공에다 뿜어대곤 했다. 이곳에 사는 사람들은 늘 맡던 냄새라서 아무 느낌도 없었지만, 어른들 말로는 아무리 옷을 갈아입고 읍내 장에만 나가도 모두들 두리번거리며 코를 싸쥔다고 했다.

꽃섬 개척교회에는 도회지의 아파트나 주택가 교회 신도들의 방문이 잦아서 이런 행사가 많은 편이었다. 직접 방문도 많았지만 명절에는 물품도 사방에서 들어왔다. 사회단체에서도 왔고 시청 관료들이나 국회의원들도 관리사무소를 방문해서 무엇인가 주고 갔다. 어른들끼리 벌이는 행사도 있었지만 대부분의 교회 행사는 꽃섬 수집꾼인 교인들과 아이들 위주로 벌어졌다.

아, 드디어 배급할 차례였다. 아이들은 유치부와 초등부로 나뉘어 두 줄로 늘어섰다. 유치부는 대개 아이들과 엄마들이 함께 줄을 섰고, 혼자 온 아이들은 적어두었다가 나중에 집까지 배달해준다고 했다. 땜통과 딱부리도 초등부 줄의 중간쯤에 서 있었다. 딱부리는 줄에 끼어들고 나서야 그 소녀가 제 엄마와 함께 초등부 줄 앞에 나란히 서 있는 걸 보았다. 엄마가 라면상자를 내주고 딸은 도시락을 나누어주고 있었다. 물론 소녀는 예전에 딱부리가 감히 쫓아가기까지 했던 숲속의 그 집 아이는 아니었지만, 오줌이 마려운 것처럼 안달이 나고 가슴이 두근거리는 느낌은 그때 이후로 처음이었다. 딱부리는 줄에서 빠져나와 도망치고 싶었지만 벌써 천막 안으로 깊숙이 들어와서 바로 자기 차례가 가까워져 있었다. 이제는 꼼짝없이 앞의 아이 발뒤꿈치를 따라 책상 앞으로 다가설 수밖에 없었다. 그녀들은 아이마다 스티로폼 도시락 한 개와 라면 한 상자씩을 나누어주었다. 책상 앞과 뒤에 높이 쌓인 상자를 보고 자기 차례 전에 물건이 떨어질 염려는 없겠다는 판단을 하고 있어서인지 아이들은 느긋하고 점잖게 행동했다. 땜통이 먼저 받았고 딱부리 차례였다. 바로 앞에 외투를 벗은 투피스 차림의 엄마 목에 목걸이가 보이고 조금 아래로 소녀의 흰 얼굴이 보였다. 엄마가 라면상자를 내주었고, 딸이 도시락을 내밀었다. 소녀는 정면으로 딱부리를 보면서 웃었고 딱부리는 하마터면 풀썩 주저앉을 정도로 두 다리에 힘이 빠졌다. 그녀들 뒷전에 섰던 전도사가 말했다.

너 못 보던 얼굴인데.

새로 이사왔어요.

음, 이담부터 꼭 교회 나오너라.

딱부리는 저도 모르게 기어들어가는 목소리로 예, 하고 간신히 대답하고 돌아서는데 얼굴이 화끈 달아올랐다. 딱부리가 밖으로 나오자 땜통이 아이들 틈에서 얼굴을 내밀며 말했다.

하마터면 못 받을 뻔했지?

에이, 쪽팔려서……

그는 혹시라도 뒤에서 누가 부를까봐 잽싸게 앞서서 걸어갔다. 밖으로 나온 아이들은 스티로폼 도시락에 감아놓은 고무줄을 벗기고 벌써 송편을 꺼내어 먹고 있었다. 몰려가는 아이들 사이에 고소한 참기름 냄새가 진동했다. 땜통과 딱부리가 라면상자를 옆에 끼고 도시락까지 들고서 매점 앞길로 올라가는데, 벌써 소문이 퍼졌는지 아낙네들이 아이들의 손을 잡고 잰걸음으로 교회를 향하여 몰려오고 있었다. 땜통과 딱부리가 옆구리에 낀 라면상자를 힐끔힐끔 곁눈질하다가 한 아줌마가 물었다.

애들아, 배급 다 끝났니?

땜통이 팔을 휘둘러 보이면서 말했다.

아직도 이따만하게 많아요, 히.

딱부리는 자신을 포함해서 그렇게들 몰려가는 아줌마들과

온 동네 사람들이 창피해서 견딜 수가 없었다. 아, 정말 오늘 나는 또 좆 돼버렸다. 땜통이 오두막동네 어귀에서 라면상자를 길바닥에 내려놓고 스티로폼 도시락을 쳐들어 보이면서 말했다.

형아, 딱 하나만 꺼내먹으면 안 될까?

딱부리는 윽박지르지 않고 살살 달래는 조로 말했다.

니꺼든 내꺼든 절반은 집에 갖다주고 절반은 본부에서 끓여먹자.

본부? 그러자.

땜통은 고개를 끄덕이고는 다시 라면상자를 집어들었다.

집에 전부 갖다주면 울 아부지가 소주 안주로 친구들이랑 다 먹어버릴 거다.

두 아이들이 오두막에 당도하자 거나한 목소리로 떠드는 아수라 반장의 목소리가 들려왔다.

오늘은 작업 끝이야. 그러엄, 공평하게 해얀단 말이지.

땜통이 움찔하는 눈짓을 보냈고, 딱부리는 입가에 손가락을 얹어 보이고는 살그머니 옆채의 문을 열었다. 잇달아 지은 오두막은 이제는 땜통과 딱부리가 자는 방이 되어버렸다. 딱부리는 제 라면상자를 개어놓은 담요 밑에다 집어넣고는 땜통에게 자기 몫의 도시락만 내밀면서 턱짓으로 들어가라고 일렀다. 땜통이 앞장서고 그 뒤로 딱부리가 들어섰다.

때맞춰 잘 왔다. 밥상 차리던 참인데……

엄마가 반기며 말했고 아수라는 땜통과 딱부리를 의심스러운 시선으로 훑어내리면서 물었다.

느이들 그거 뭐냐?

학교에서 배급줬다, 히.

예비당에서?

그 왜 있잖아. 잘사는 아줌마들 사진 찍으러 오는 거.

엄마는 자신이 보육원 시절부터 겪던 일을 떠올리며 말했다. 땜통이 스티로폼 도시락을 열더니 참을 수 없다는 듯이 쑥 송편을 한 개 집어다 얼른 입속에 던져넣었다.

밥부터 먹구 나서, 인마!

아수라가 아들에게 알밤을 먹이자 엄마가 말했다.

아니, 추석 송편인데 맛을 봐야지.

엄마가 먼저 한 개 집어 아수라의 입에 넣어주었고, 딱부리의 눈치를 보고는 얼른 두 개를 더 집어서 딱부리에게 내밀고 자기도 먹었다. 네 사람이 모두 우물우물 송편을 먹었다.

사는 형편이 이러니 떡을 할 수도 없고 미안하구나. 오늘 총수매 해준다는 거예요, 뭐예요?

엄마의 말에 아수라가 대답했다.

글쎄, 아까 얘기했잖아. 개인차 구역이 명절이라고 오늘 특별히 총수매를 한다기에 우리 구청 구역두 해달라, 공평하게 해주라, 그렇게들 논의해서 사무소에 건의를 했지. 오늘 오후 작업은 안 하는 대신 총수매를 해준다는 거야.

와아, 잘됐네!

엄마가 반겼지만 땜통은 알밤을 맞은 뒤라 아직도 입술이 삐죽 나왔고, 딱부리는 별 감동 없이 송편만 연신 먹었다. 엄마가 김치와 된장찌개가 전부인 밥상을 차려내왔을 때 갑자기 요란한 기계 소리가 들리면서 비닐 창문이 덜덜 떨리기 시작했다. 숟가락을 막 집어들었던 아수라가 방안 천장을 올려다보며 욕설을 내뱉었다.

이런 개새끼들 하필이면 밥때 와서 지랄들이야!

엄마가 혹시라도 출입문이 열릴까봐 걸쇠를 걸어두고 들어올렸던 안쪽의 비닐 들창을 내렸다.

얼른 먹자.

땜통과 딱부리는 그게 무슨 소린지 잘 알고 있었다. 어서 밥을 먹고 밖으로 구경 나가고 싶어서 안달이 날 지경이었다. 한 달에 두 번 시청 헬리콥터가 날아와 꽃섬 일대를 항공소독하고 있었다. 그리고 매일 두 차례 복토작업 뒤에 경운기로 분무소독을 했다. 그렇게라도 하지 않으면 오두막동네는 늘 파리떼에 뒤덮여 작업도 제대로 할 수 없을 것이다. 산동네에서는 동사무소에서 나온 일 톤 트럭이 연기를 풍기고 다녔지만, 모기도 연기를 피해 달아날 뿐 잘 죽지는 않았다. 그런데 여기서는 헬리콥터로 물기 있는 구충약을 안개처럼 뿌려댔고, 파리가 우박처럼 떨어져내렸다. 처음엔 소독을 해준다고 좋아라 하던 수집꾼들은 작업할 때 쓰던 방독면이나 마스크를 쓰고 쓰레기장을 벗어나 동네의 자기 오두막 안으로 숨기에 바빴다. 헬리콥터가 부르릉대며 돌아다니고 있는지 냄새가 점점 동네를 뒤덮기 시작했다. 그들은 대강 밥을 먹었고 눈치만 살피던 땜통과 딱부리는 헬리콥터를 가까운 데서 보려고 후다닥 뛰어나갔다. 등 뒤에서 나가지 말라고 아수라가 외쳤지만 그들은 들은 척 만 척했다. 이미 헬리콥터가 허공에서 빙빙 돌면서 약을 뿌리고 지나간 뒤라 온 동네의 지붕과 길은 떨어져 죽은 파리들로 새카맣게 되었다. 밖으로 나온 건 역시 아이들뿐이었다. 그들은 신이 나서 쓰레기장이 보이는 공터 쪽으로 뛰어갔다. 헬리콥터가 바로 칠팔층 건물의 높이로 떠서 날아다니며 양쪽으로 약을 뿜어대고 있었다. 조종사와 그 옆에 앉은 사람의 얼굴이 또렷이 보일 정도였다. 헬멧에 방독면까지 쓴 출장소 직원이 아이들에게 내려가라고 두 팔을 저어 보였다. 아이들은 모두 헬리콥터를 향해 손을 흔들며 소리를 질렀고,

어른들은 접근하지 말라고 아이들에게 깡통을 집어던지기까지 했다.

야, 이놈들아! 니들도 소독되구 싶어?

*

저녁이 되자 쓰레기장 동네는 구역마다 있는 공터에 모닥불을 피웠다. 드럼통을 반으로 자른 화덕에서는 각종 고기를 굽거나 육해공을 총동원한 찌개를 끓였다. 이제 추석 연휴가 지나면 폐품 대목이 오고, 동네 사람들은 오랜만에 온갖 명절 음식 쓰레기로 포식을 하게 될 것이다. 벌써 이삼 일 전부터 냉장고 속을 갈아치우려는 것인지 유통기한 지난 음식물이 부쩍 늘어가고 있었다. 도시 사람들은 멀쩡한 음식들을 미처 먹어치우지 못하고 묵히다가, 또는 너무 많아 먹다먹다 질려서 버려대고 있었다. 비닐 속에서 녹아 미끈거리는 얼렸던 밥덩이며, 물주머니 같은 비닐에 가득한 굴이며, 말라비틀어진 생선이며, 녹지 않은 고깃덩이들, 겉잎사귀만 벗겨내면 아직도 성성한 노란 양배추, 새벽 수산시장에서 버려진 엄청난 내장들과 생선의 대가리 꼬리 또는 팔다 남은 멀쩡한 것들, 그야말로 이런 때 며칠은 꽃섬 사람들에게 밤마다 잔칫날이나 마찬가지였다.

명절이면 샛강말에 방을 얻어 출퇴근하는 사람들은 따로 읍내에 나가 제물을 사다가 조촐한 제사를 지내기도 했고, 쓰레기장 동네 사람들 중에도 가족을 거느린 사람들은 그날만은 차마 쓰레기 음식을 올리지 못하고 매점에서 송편이며 고기한 근이라도 사다가 국을 끓여 제사를 지냈다. 매점에서는 추석이라고 특별히 읍내에서 떡을 받아다 팔았다.

아수라는 보통 날처럼 공터에서 늘 모이는 패거리들과 함께 술추렴을 하고 있었다. 그는 주위가 조금 고즈넉해진 한밤중에야 돌아온 것 같았다. 딱부리는 바로 지척에서 누군가 오줌을 싸갈기는 소리에 잠이 깼다. 망할 자식 같으니, 오줌은 먼데서 싸고 와야 할 거 아닌가. 그때, 아수라가 크게 한잔했는지 연방 트림을 해대며 출입문을 열고 들어가는 소리가 들렸다.

도대체가 당신은 뭐하는 사람이야?

엄마의 날카로운 목소리가 들렸다.

야 이년아, 니가 무슨 마누라냐? 나 시라이꾼이다, 왜.

수매한 돈 내놔봐. 술 처먹구 고스톱치구, 내가 모를 줄 알아?

딱부리는 땜통도 잠이 깬 걸 알고 그를 툭 치며 속삭였다.

야, 본부에 가자.

땜통은 두말없이 주섬주섬 옷을 입었고, 딱부리는 함께 깔고 덮었던 담요를 개어서 들었다. 땜통도 담요 한 장을 나누어 들고서 딱부리를 따라나섰다. 그들은 가끔 기침소리가 들리기도 하고 아기가 울거나 술주정과 싸움을 하고 있는 낮은 지붕들이 연이어진 오두막동네를 벗어났다. 달이 중천에 떠 있었고 들판과 강줄기가 부옇게 보였다. 두 아이는 앞서거니 뒤서거니 하며 언덕을 넘어 강변을 향하여 내려갔다. 땅콩밭이 있던 두렁을 건너다가 땜통이 얼른 쪼그리고 앉았고, 딱부리도 이제는 뭐라고 묻거나 투덜대지 않고 그를 따라서 주저앉았다. 딱부리가 낮은 소리로 땜통에게 물었다.

어디냐, 어느 쪽이냐?

땜통은 말없이 강변의 오른쪽을 손가락질했다. 딱부리는 눈을 가늘게 뜨고 억새가 출렁이는 강변의 서쪽을 바라보았다. 그때 그는 무엇인가를 보았다. 푸른 불빛이 하나, 둘, 그리고 서너 점 더…… 천천히 움직이고 있었다. 불빛들은 빠르게 움직이기도 하고 멈추기도 했다가 강변을 따라서 차츰 멀어지고 있었다. 그리고 가뭇, 하면서 사라졌다. 땜통은 침을 꿀꺽 삼키고는 일어나서 딱부리에게 말했다.

형아, 봤지?

응, 하면서 딱부리도 침을 삼켰다. 이제야 땜통이 거짓말로

꾸며낸 얘기가 아니란 걸 알았던 것이다. 무슨 벌레 같지는 않았는데 불 한 점이 제법 커 보였고, 움직임이 요란하지 않았다. 일렁일렁하는 게 천천히 무슨 춤이라도 추는 것처럼 보였다.

저게 그이들이냐?

딱부리는 삐삐엄마가 그들을 김서방네 식구라고 부르던 말이 생각나서 땜통에게 물었다.

그렇다니까……

땜통은 홀린 것처럼 불빛이 사라진 억새숲을 바라보고 있었다. 딱부리가 땜통을 잡아 이끌며 말했다.

우리 따라가보자.

놀라게 하면 안 된다구.

땜통이 딱부리의 손을 뿌리치고 본부 쪽으로 내려갔다. 딱부리도 하는 수 없이 그를 따라 걸으면서도 자꾸만 뒤를 돌아보았다. 두더지가 약속했던 대로 각목이며 지함과 비닐을 구해주어서 딱부리는 땜통과 함께 오후 반나절 만에 본부의 지붕을 얹었다. 땜통이 책상 위를 더듬더니 라이터를 찾아서 양초에 불을 켰다. 촛불을 켜자 본부는 오두막보다 더 아늑하게 느껴졌다. 그리고 어른들의 돼지 멱따는 듯한 노랫소리와 킬킬대는 웃음소리나 싸우는 소리도 들리지 않았다. 멀리 강변 도로를 돌아서 지나가는 자동차 소리조차도 여기에서는 고즈넉하게 들렸다. 무엇보다도 악취가 사라져서 코가 시원해지는 것 같았다. 두 아이는 담요를 깔고 덮고 누웠다. 아수라네 방보다도 더 널찍해 보였는데, 패거리 아이들 모두가 누워 잘 만했다.

아, 좋다!

딱부리가 중얼거리자 땜통이 말했다.

형아, 우리끼리 여기서 살 수 없을까?

너나 나나 아직 애들이라 그냥 내버려두지 않을 거야.

이를테면 산동네에서도 부모가 갑자기 죽거나 헤어지면 동사무소나 파출소에서 어른들이 나와 아이들을 데려갔다. 엄마는 아버지가 행방불명된 뒤에 함께 자다가도 '우리 아들은 절대루 보육원 같은 데 보내지 않을 거야'라고 다짐하곤 했었다. 그런데 남이 뭐라고 하든 어디에 살든 까짓거 아무렇지도 않았는데, 어째서 교복 입은 계집아이의 눈빛과 마주치면 창피한 자신이 보일까, 하고 딱부리는 생각했다.

불을 끌까?

땜통이 말했고 딱부리가 고개를 돌려 책상 위의 촛불을 불어 껐다. 방안은 캄캄해졌지만 조금 지나자 비닐 출입문이 부예지면서 달빛이 새어들어왔다. 그들이 가물가물 잠에 빠져들어갈 즈음에 바깥에서 기침소리가 들렸다. 딱부리는 얼핏 정신이 들어서 상반신을 일으키고 귀를 기울여보았다. 다시 한 번 헛기침 소리가 분명히 들렸다.

누구야?

딱부리가 외치자 땜통도 깨어 일어났다. 딱부리는 어쩐지 무서운 생각보다는 궁금해서 견딜 수가 없어서 출입문을 열고 밖으로 나가보았다. 땜통도 따라나와서 출입문 앞에 섰다. 딱 부리가 본부 주위를 빙 둘러보았지만 달빛뿐이었다. 딱부리가 돌아서서 안으로 들어가려는데, 문 앞에 섰던 땜통이 손가락을 들어 가리켰다.

저기 누가 오잖아?

돌아보니 정말 뭔가 그림자 같은 것이 강변 쪽에서 올라오고 있었다. 땜통은 어느새 딱부리 곁에 섰다. 그것은 아이였다. 그 아이는 적당한 거리에서 멈춰 서더니 이쪽을 바라보았다. 땜통이 딱부리 앞으로 걸어나가 먼저 그 아이에게 말을 걸었다.

너 김서방네 식구지? 일루 와, 우리뿐이다.

아이는 조금 더 다가왔다. 딱부리도 아이의 모습을 볼 수가 있었다. 그건 뭐 자기들과 별다를 것도 없이 덥수룩한 머리에, 이 동네 아이들처럼 주워입은 듯한 잘라낸 청바지에 알록달록한 셔츠 차림이었다. 가까이 다가온 아이가 말했다.

나 너희들 알아. 할아버지가 가보라구 그랬다.

딱부리는 아이의 할아버지가 집 주위를 돌아다니며 기침소리를 낸 걸 알게 되었다.

우리에게 무슨 볼일이라두 있냐?

식구들이 아프다. 뭘 좀 먹으면 나을 거래.

땜통이 아이에게 물었다.

그게 뭔데? 우리가 뭐든지 구해올 수 있다구. 쓰레기장에선 온갖 것이 다 나온다.

아이는 머뭇거리다가 말했다.

메밀묵.

땜통과 딱부리는 그 엉뚱한 말에 잠깐 서로를 마주 보았다.

우리가 구해다줄게.

딱부리가 고개를 끄덕이며 말하자 아이는 허리를 꺾어 인사를 했다.

고마워.

그런데 우리하구 똑같이 생겼잖아?

딱부리의 말에 아이가 낮게 소리내어 웃었다.

너희들 곁에 늘 같이 살구 있으니까.

땜통이 물었다.

이 동네 사람들은 쓰레기 주워서 먹구산다. 느이 식구는 여기서 뭘 하는 거야?

우리 식구는 언제나 농사만 짓는다. 전보다 훨씬 힘들어졌지만.

저기 밭들은 모두 샛강말 농부들 건데, 너희도 농사를 짓는다구?

아이가 또 키드득 웃었다. 그러고는 팔을 들어 한 바퀴 휘둘러 보였다.

전부 우리가 지은 거야. 쓰레기장 때문에 힘들긴 하지만⋯⋯

아이는 돌아서서 가기 전에 덧붙여 말했다.

할아버지는 사람들이 모두 떠나고 나면 그때 천천히 그전처럼 만든다고 하셨어.

딱부리와 땜통은 번갈아 말했다.

그래, 염려 마라. 우리가 메밀묵 구해다줄게.

우리가 갖다줄 거다.

돌아서서 강변을 향해 내려가는 아이의 뒷모습이 작게 보이다가 이내 사라졌다. 땜통과 딱부리는 그제야 가슴이 뛰고 다리에 맥이 풀린 것처럼 후들후들 떨려왔다.

귀신일 거다, 그치?

딱부리가 중얼거리자 땜통이 말했다.

아무튼 우리 곁에 늘 살구 있다구 그랬어.

딱부리도 그 말을 기억하고 있었고 조금 놀랐을 뿐 별로 무섭지는 않았다. 그리고 딱부리는 어쩐지 아이가 자기네보다 더 가엾다는 느낌이 들었다. 두 아이는 본부로 들어가 다시 누웠고, 달은 이미 서편으로 많이 기울어져 있었다.

*

아침에 일어났을 땐 강에서 올라와 섬 자락에까지 퍼진 물안개 때문에 날씨가 잔뜩 흐린 것처럼 보였다. 축축하고 추워서 땜통과 딱부리는 굼벵이처럼 등과 다리를 잔뜩 웅크리고 꼭 붙어서 잤다. 아마 한기 때문에 깨어났을 것이다. 딱부리는 그의 등 뒤에 꼭 붙어 있는 땜통을 궁둥이로 밀어내며 말했다.

집에 가자.

싫다, 집에 가기 싫어.

라면 가지러 가야지. 깜박 잊어버렸잖아.

아, 내 라면.

땜통은 모자를 찾아 눌러쓰더니 벌떡 일어났다. 두 아이는 물안개가 자욱한 언덕을 지나 오두막동네로 들어섰다. 앞서가던 땜통이 걱정스럽게 물었다.

형아, 그런데 메밀묵을 어떻게 구하지?

나두 그게 걱정이다. 매점에는 두부하구 콩나물 같은 거밖에 없을 텐데.

형아, 엄마한테 말해보면 안 될까?

딱부리의 손이 땜통의 머리로 갔다가 멈칫하고는 그냥 말했다.

절대루 얘기하면 안 돼. 이건 두더지나 애들 누구에게도 말하면 안 된다.

빼빼엄마두 알구 있잖아?

땜통이 항의하듯이 말하자 딱부리가 손가락으로 그의 얼굴을 가리키면서 고개를 끄덕였다.

바로 그거야! 빼빼엄마한테 얘기해보자.

아이들은 오두막으로 돌아가 저희 방으로 살그머니 들어가 앉아서는 옆방 어른들의 동정을 살폈다. 간밤엔 난리를 치며 싸우더니 도란도란 얘기하는 소리와 웃음소리까지 들렸다.

느이들 왔냐?

아수라의 목소리가 들려왔고 땜통은 목을 움츠리고 눈을 크게 떠 보였다. 딱부리가 속삭였다.

문 살살 닫으라니까……

두 아이가 옆방으로 가보니 아수라는 정말로 화가 난 것 같지는 않게, 표정은 풀어진 채로 목소리만 크게 물었다.

이놈들아, 쬐끄만 놈들이 벌써부터 외박이냐? 밤새 어디루 싸돌아댕기다 오는 거야?

저어기 빈집에서 잤어요.

아수라는 딱부리의 빈집이라는 말에 그러려니 하는 표정이었고, 엄마가 아수라에게 눈을 흘겼다.

자기가 분란을 일으키구 왜 애들 타박하구 그래. 어서들 아침이나 먹자. 오늘은 고기 넣고 미역국 끓였다.

아수라는 턱을 위로 쳐들고 웃더니 바지 뒷주머니에서 지폐 두 장을 꺼내어 땜통과 딱부리에게 한 장씩 내밀었다.

우리는 반원들끼리 시내 바람 쐬러 나갈 거야. 못된 장난 치지 말구 맛난 거나 사먹도록 해라.

촉촉한 햇밥에 미역국에다 총각김치며 갈치 토막도 있는 여염집 밥상 앞에서 땜통과 딱부리는 코를 박고 신나게 아침을 먹었다. 어른들이 큰강 건너 도시로 외출을 나갈 때에는 하루 전에 목욕을 하지 않고는 버젓한 장소에 출입을 할 수가 없었다. 버스를 타거나 식당에 들어가면 다른 사람들이 코를 싸쥐고 어디서 이런 괴이한 냄새가 나는 걸까, 하는 얼굴로 두리번거리다가 마침내 그 진원지를 알아채면 얼른 멀찍이 달아나거나 자리를 옮기는 것이었다. 얼마 전부터 관리사무소 측에 올린 주요 건의사항이 샤워시설을 마련해달라는 것이었다. 아직까지는 샛강 건너 읍내에 있는 공중목욕탕을 이용하고 있었는데, 추석이나 설 같은 명절 전날은 지역 주민들만 받고 명절 당일에만 쓰레기장 사람들을 받았다. 수천 명의 주민들이 씻을 곳이라곤 한 군데뿐이라서 목욕탕은 대목을 잡는 셈이었다. 물론 목욕탕은 하루 온 종일 애와 어른으로 가득 차서 서로 몸이 부딪칠 정도로 콩나물시루 같았는데, 여탕은 아이들이 더 많고 목욕 시간도 길어서 물바가지가 모자랄 지경이었다. 난리를 치르며 오물로 뒤덮인 몸을 닦고 나서야 오두막동네 사람들은 보통 사람들과 같은 주민이 되었다.

몸은 씻었다 할지라도 냄새는 의복의 섬유 골골이 배어 있어서 일단 새옷으로 갈아입어야 했지만 오두막에 변변한 옷이 있을 리가 없었다. 작업하고 잠자고 집에서 쉬며 입는 옷 모두가 쓰레기장 넝마에서 골라낸 것들이었다. 겉으로는 멀쩡하고 개중에는 어울리지 않게 외국산 명품도 있었지만, 역시 냄새가 문제였다. 사람들은 그래서 그중 멀쩡한 의복을 골라 읍내 목욕탕 근처에 있는 단골 세탁소를 정해두고 말끔하게 세탁해서 보관해놓았다. 시내로 들어가는 시외버스까지는 다른 승객들이 그들 모두가 어느 동네서 나왔는지 금방 알아챘지만, 일단 도심의 인파에 묻히면 다들 똑같은 시민들이었다. 당장 외출복이 마련되지 않은 사람들도 세탁소에서 다른 이들이 맡겨 놓은 옷을 빌려입었다. 더러는 시내에 외출 나갔던 남녀가 으스대기도 할 겸 외출했던 차림 그대로 오두막동네에 들어서면 반원들도 알아보지 못하거나 공터에서 소주잔 부딪치며 욕설을 해대던 이들도 우물쭈물 말을 올리거나 하소를 붙였다. 엄마가 한두 번 목욕을 다녀오고 나서 아수라에게 딱부리와 땜통을 데려가달라고 사정을 했지만 아수라는 저놈들 씻기 싫어해서 못 데려간다고 고개를 저었다. 다 큰 녀석들만 아니라면 내가 데려가서 묵은 쓰레기 냄새와 때를 박박 밀어주면 속이 다 시원해지겠다는 게 엄마가 늘 하는 말이었다.

정오 무렵에 공터에 반원들이 슬슬 모이기 시작했다. 그들은 벌써 아이들처럼 들떠 있었다. 서로 주고받는 얘기로는, 때 빼고 광내고 시내 나가서 영화 구경도 하고 저녁에 불고기 먹고 술도 마시고 노래방에 가서 신나게 놀 작정들인 모양이었다. 개인차 구역 사람들 중에는 차주 사장을 따라갔다가 카바레나 단란주점에 맛들려서 총수매한 돈을 몽땅 다 털어넣었다는 얘기도 있었다. 그들은 구겨진 돈을 빳빳하게 다리미로 다려서 안주머니에 넣고 간다고 그랬다. 왜 그러냐니까, 인마, 그래야 착 꺼내면 돈이 일렬루 좍 서서 나오지, 하더라고 했다.

쓰레기장은 작업을 쉬고 있어서, 매점 앞마당만 빼놓고는 어느 곳이나 조용하고 한적해 보였다. 오르내리는 트럭과 중장비들도 없었고 수집꾼도 거의 태반은 외출을 해버려서 오두막동네의 길이나 공터에 어른들이 보이지 않았다. 땜통과 딱부리가 라면상자를 끼고 동네 골목을 벗어나 본부로 가는데, 뒤에서 그들의 별명을 부르는 소리가 들렸다. 딱부리가 돌아다보니 두더지가 아이들 두 명과 함께 뭔가 비닐봉지를 들고 같은 방향으로 걸어오고 있었다.

뭐야, 라면이구나. 그거 예배당에서 얻은 거지?

두더지가 땜통이 옆구리에 끼고 있던 라면상자를 대수롭지 않게 툭 건드려보면서 말했다. 딱부리도 두더지와 아이들이 제각기 들고 있는 비닐봉지 안을 넘겨다보며 물었다.

오늘도 설마 꽃섬탕은 아니겠지?

지난번에 두더지가 생선을 주워다 찌개를 끓이던 일을 비아냥대는 투였는데, 어른들은 작업장에서 구한 먹을거리로 끓인 음식을 모두 꽃섬탕이라고 불렀던 것이다.

말조심해, 인마. 내가 누구냐? 협동의 막내 아니냐.

협동환경은 개인차 구역 중에서도 아수라 반장이 언제나 부러워하는 알짜배기 지역으로, 미군주둔지와 공장지대 개인주택가 등을 맡고 있었다. 그곳은 강 건너 남쪽의 세 군데와 함께 권리금이 다른 곳의 몇 배가 넘는 곳이었다. 미군부대에서는 단 며칠이라도 기한이 넘으면 아무리 성한 것이라도 가차 없이 버렸고, 옷가지에서 군수품에 이르기까지 근으로 달아서 팔아넘길 수 없을 정도로 멀쩡한 물건들이 많았다. 공장지대는 고철에서 플라스틱에 스티로폼과 비닐이며 지함에 이르기까지 재생품목 천지였다. 두더지가 협동에서 이선이나마 일할 수 있었던 것은 꽃섬에 제일 먼저 들어온 그의 아버지와 형 덕분이었다. 두더지는 작은 박스가 가득 들어 있는 비닐봉지를 두 개나 가지고 왔다.

느이들, 오늘 내 덕분에 천당 갈 거다.

두더지의 으스대는 태도에 아이들 모두가 알아서 합쇼, 하는 자세가 되어버렸다. 본부에 이르자 두더지는 먼저 지붕을 올린 기둥과 비닐문짝을 툭툭 쳐보기도 하고 한 바퀴 돌며 둘러보기도 했다. 이곳의 원래 주인 같은 행동이었다.

지붕 잘 올렸다. 근데 옆에두 창문을 내지 그랬냐?

어휴, 말 마라. 출입문 짜느라구 하루 온종일 걸렸어.

하긴, 이제부터 추워질 테니까.

그들은 출입문을 활짝 열어젖히고 방안에 들어가 둘러앉았다.

야, 이거 죽이는데…… 누구네 담요냐?

두더지가 팔을 머리에 괴면서 비스듬하게 누우며 묻자 땜통이 대답했다.

　우리 꺼다, 히.

　간밤에 얘랑 여기서 잤어. 집에서 어른들 싸우는 바람
에……

　딱부리의 말에 두더지는 잘 알겠다는 듯이 픽 웃고 말했다.

　니 엄마랑 얘 아부지랑? 어차피 애들두 여기선 따루 사는
데 뭐. 우리 집두 아부진 다른 집에 살구 나하구 형하구 둘이
산다.

　그가 쌍소리를 한다고 해도 이 동네 식대로 한다면 같이 농
으로 받아넘겨야 할 판이었다. 딱부리는 역시 두더지가 애들
하고는 다르다는 느낌을 받았다. 녀석은 어른들 없이도 보육
원 따위에 가지 않고 제 밥을 벌어먹을 것처럼 보였다. 아이
둘이 출입구 쪽에 나타났다. 두더지와 함께 온 두 녀석은 지난
번에 딱부리가 보았던 놈들이지만 방금 나타난 아이들은 처음
보는 녀석들이었다.

　어이 대장, 오랜만이야.

　그중 하나는 키도 크고 나이배기처럼 보였다. 녀석은 딱부
리를 곱지 않은 시선으로 쓱 째려보면서 두더지 앞에 마주 앉
았다. 딱부리가 두더지에게 꿀리지 않으려고 열여섯이라고 말
했지만 그 녀석은 나중에 알고 보니 열다섯 살로, 실제로는 딱

부리보다 한 살 위였다. 모두 방안에 둘러앉아 뒤늦은 인사 트기가 시작되었다. 두더지가 말했다.

얘가 지난번에 새로 왔다던 딱부리라구, 나처럼 작업장에서 일두 하구 말야.

딱부리? 별명이 좆같네…… 나두 별볼일없지만. 애들이 송장메뚜기라구 부른다.

두더지가 낄낄대면서 말했다.

그러니까 이 자식은 별명이 두 개야. 송장두 되구 메뚜기두 된다.

아이들도 따라서 낄낄 웃었다. 딱부리는 녀석이 자기 별명을 듣고 버릇없이 좆같다고 내뱉은 게 못마땅해서 손바닥으로 방바닥까지 두드리며 좀 세게 웃어젖혔다. 송장인지 메뚜기인지 자기가 스스로 말해놓고도 반응이 예상 밖이었는지 그는 대번에 인상을 쓰기 시작했다. 아이들의 별명이 차례로 소개되었다. 볼이 통통한 맹꽁이와 얼굴에 온통 아토피 피부병 딱지가 앉은 헌데는 지난번에 딱부리도 보았던 녀석이고 땜통과 같은 또래의 키가 작고 가무잡잡한 꼬마는 방개였다. 딱부리는 자기 별명이 산동네 파출소 순경이 귀싸대기 올리며 붙여준 것이긴 해도 다른 애들에 비해서 어딘가 늠름하다고 생각했다.

근데 말야, 너 나를 비웃는 거냐?

송장메뚜기가 어깨 아래로 머리를 잔뜩 웅크리고 눈은 위로 치켜뜨면서 딱부리에게 물었다. 모두들 잠잠했고 두더지는 재미있다는 듯이 둘을 번갈아 쳐다보았다. 딱부리도 정색을 하고 말했다.

인마, 니가 웃겨서 그냥 웃은 거야.

하, 골 때리네.

녀석이 벌떡 일어나면서 발길질을 하려는 순간, 딱부리도 재빨리 일어났다. 두더지가 둘 사이를 가로막으면서 말했다.

밖으루 나가서 진짜루 한판 붙든지······

아이들은 모두 본부 앞마당으로 쏟아져나왔다. 딱부리도 싸움이라면 산동네에서 수십 전을 치른 터였고, 더구나 성미 급한 저런 녀석은 약점이 많기 마련이었다. 그는 별로 자세도 잡지 않고 두 손을 늘어뜨린 채 마당에 섰고, 송장인가 메뚜기인가는 발을 좀 쓰는지 두 주먹을 올리고 무릎을 깝작거리면서 기회를 엿보았다. 딱부리는 언제나 싸움을 오래 끌지 않았다. 선방을 놓거나 약점이 보이면 대번에 여러 동작으로 아예 주저앉혀버렸던 것이다. 메뚜기가 발을 올려차며 앞으로 들어오자 그는 피하지 않고 녀석의 다리를 한 팔로 그러잡고는 다른 주먹으로 면상을 쳤고, 녀석이 뒤로 벌러덩 나자빠지자 발로 옆구리를 두어 번 질러버렸다. 메뚜기는 숨이 막혔는지 땅바닥에서 몸을 웅크리고 캑캑거렸다. 싸움이 너무 쉽게 끝나서 싱거울 정도였다. 딱부리가 몸을 숙이고 메뚜기의 등을 두드려주면서 물었다.

야, 괜찮냐?

쟤 물 좀 줘라.

두더지의 말에 방개가 플라스틱 물통에서 물을 떠다가 내밀자 메뚜기는 손으로 쳐버리고 일어나서 밭두렁 쪽으로 올라가버렸다. 방개가 쫓아가려니까 두더지가 말렸다.

놔둬, 쪽팔려서 저러는 거야. 좀 있으면 다시 올 거다.

딱부리는 두더지나 아이들에게 자기가 만만한 상대가 아니라는 걸 보여준 셈이라 우쭐한 기분이 들었지만 짐짓 대수롭지 않다는 듯 말했다.

에이, 괜히 그랬네. 그냥 웃어넘기는 건데.

그러니까 쟤 별명이 송장메뚜기지. 걸핏하면 파르르하거든.

두더지가 말하자 아이들도 녀석이 없는 자리라 마음껏 웃었다. 두더지는 비닐봉지에서 작은 박스 네 개를 꺼냈고, 그중 하나를 열자 통조림 몇 개와 초콜릿색 봉지가 나왔다. 맹꽁이가 상반신을 내밀고 들여다보며 물었다.

이게 뭐야?

헌데가 아는 척했다.

나 이거 전에 먹어봤어. 미군부대서 나오는 거야. 벼라별 것
이 다 들어 있다구.

두더지는 말없이 먼저 봉지를 뜯었다. 여러 가지 모양으로
포장한 것들이 나왔다. 둥근 은박지 속의 초콜릿, 종이 포일
속의 크래커, 버터, 치즈, 잼, 바둑껌, 담배도 몇 개비, 커피와
코코아, 설탕, 밀크 등등이 나왔지만 아이들은 머리를 두더지
의 무릎 앞에 처박고 그것들을 내려다보기만 했다. 두더지가
봉지 안에서 깡통따개 두 개를 집어냈다. 하나는 끝에 바늘처
럼 길쯤한 구멍이 뚫린 것이고 다른 하나는 호미 같은 날이 달
린 것이었다. 두더지가 깡통을 따기 전에 두리번거리다가 말
했다.

야, 신문지나 박스 있으면 갖구 와.

방개가 뛰어나가서 불쏘시개로 쌓아둔 지함 조각을 들고 왔
다. 두더지는 침착하게 깡통을 따기 시작했다. 햄덩어리가 들
어 있기도 하고 닭고기 국수가 들어 있기도 했다.

이게 씨레이션이란 거다. 우리 구역에서 가끔씩 나오지.

두더지는 네 박스의 씨레이션을 모두 개봉해서 지함 조각
위에 모아놓고는 함께 들어 있던 봉지 속에서 나온 것부터 차
례로 아이들에게 나눠주기 시작했다. 둥근 초콜릿 네 개는 절

반으로 나누어서 반 조각씩, 바둑껌 세 개씩, 사탕도 두 알씩, 그리고 깡통에 든 것들은 그들이 요리해 먹던 냄비에 모조리 때려넣었다. 대충 물을 붓고 기름통 화덕 위에 얹고는 불을 때기 시작했는데, 기막힌 냄새가 났다. 냄비가 끓기 시작하자 아이들은 거기에 라면까지 털어넣었다. 그저 눈으로만 보기에도 대단한 음식 같았다. 두더지가 아이들에게 음식을 나눠주었다. 모두들 빈 깡통 하나씩에 몇 번이나 사용한 일회용 젓가락을 들고 냄비 앞에 모였다. 고깃덩이와 라면 가락을 후루룩 넘기고는 딱부리가 두더지에게 말했다.

사람들은 왜 멀쩡한 걸 버리지?

그러게 말야. 이렇게나 맛있는 걸.

맨날 먹었으면 좋겠다, 히.

땜통도 얼른 깡통을 비우고 다시 퍼다먹으면서 연신 웃었다. 아이들은 행복했다. 두더지는 대장답게 담배 한 대를 꼬나물고 허겁지겁 먹고 있는 아이들을 흐뭇한 표정으로 바라보았다. 본부의 회식이 끝나자 헌데라는 아이가 잊고 있었다는 듯이 호주머니에서 뭔가 꺼내어 내밀었다.

이거 본부에 맡겨두려고 가져왔어.

두더지가 그것을 이리저리 살피더니 단추를 누르자 가늘게 전자음이 들렸다. 화면 안에 벽돌로 쌓은 벽이 보이고 동그란

점을 움직이면 하나씩 떨어져나갔다.

벽돌깨기 게임이잖아. 이건 유치원 꼬마들이나 하는 거다. 요새는 애들두 슈퍼 마리오 같은 걸 좋아한다구.

그게 뭔데?

헌데가 묻자 두더지가 말했다.

작업장에서 나온 걸 본 적 있다. 부서져서 그냥 버렸지만……

두더지가 벽돌깨기를 헌데에게 돌려주자 어린 축인 방개와 땜통과 맹꽁이가 서로 모여앉아 번갈아 게임을 해보았다. 두더지와 딱부리는 본부의 뒤편 언덕에 앉아서 햇빛이 반짝이는 강물을 내려다보았다. 두더지가 물었다.

너, 시내 나가본 적 있냐?

거기 살다 왔지만 여기 와서는 한 번두 안 나갔다.

두더지는 딱부리가 거기 살았다고 말하자 기분이 나빠진 것 같았다.

야 인마, 니네는 산동네 살았다면서? 그런데 말구 중심가 말야. 나는 거기서 햄버거 먹어본 적 있다.

지나가기는 했어. 백화점두 있구 영화관두 있구 술집이 많았어.

동네 어른들 외출 나가는 데는 변두리라구. 언제 우리 강 건너 중심가에 가보자.

두더지의 말에 딱부리가 웃었다.

나가면 뭘 하냐? 돈 없으면 할 일두 없는데.

*

둥근 보름달이 큰강 위로 둥실 떠올랐다. 딱부리와 땜통은
본부에서 슬그머니 빠져나왔다. 땜통과 딱부리는 서로 말하지
않아도 어디로 가야 할지 잘 알고 있었다. 그들은 밭과 언덕을
넘어서 오두막동네의 반대편 들판 쪽으로 걸었다. 멀리 한 점
불빛이 보였고 개 짖는 소리가 가끔씩 들려왔다. 그들이 집에
가까이 다가서자 비닐하우스 안의 개들이 제각기 요란하게 짖
었고, 문이 열리면서 만물상 할아버지의 목소리가 들려왔다.

어서들 오너라.

땜통과 딱부리가 집안으로 들어서자 빼빼가 맹렬하게 짖다
가 땜통의 가슴속으로 뛰어들며 꼬리를 쳤다. 다른 강아지들
도 딱부리의 발치에 코를 대고 낑낑거렸다. 빼빼엄마는 마침
저녁상을 차리던 중이었다.

삼촌들 왔구나. 하루 종일 뭐하다 인제 오는 거야. 저녁은
먹었니?

삐삐엄마가 묻자 할아버지가 말했다.

어디서 먹었겠냐. 일루 와서 같이들 먹자.

아녜요, 하루 종일 이것저것 먹어서 별로 배고프지 않아요.

딱부리가 진심으로 말했다.

우리 떡 했다. 맛이라두 좀 봐라.

삐삐엄마가 시루떡과 송편을 접시에 담아 내밀었다. 부녀가 저녁을 먹는 동안 두 아이들은 떡을 먹었고, 개들도 사료를 아삭아삭 깨물어먹고 있었다. 딱부리는 팥고물 올린 시루떡을 너무 오랜만에 먹었는데, 아마도 그건 어렸을 때 어느 해 생일날이었을 것이다. 땜통이 불쑥 삐삐엄마에게 물었다.

아줌마, 메밀묵을 어디서 팔아?

삐삐엄마가 숟가락을 들고 땜통을 멍하니 쳐다보다가 말했다.

메밀묵? 그거 뭐할라구?

딱부리는 할아버지가 함께 있어서 슬며시 땜통의 발을 꾹 눌렀지만 녀석은 눈치를 채지 못하고 그냥 말해버렸다.

김서방네 젤 작은 아이를 만났다. 식구들이 몸이 아프대. 메밀묵을 먹어야 낫는다면서……

할아버지는 못 들은 척하고 그저 밥만 먹고 있었고, 삐삐엄마는 아예 숟가락을 내려놓고 땜통 쪽으로 다가앉았다.

그게 아마 막내손자일 거다. 김서방네는 옛날 우리 살 때처럼 삼대가 모여 살거든. 시장 나가면 흔천인 게 메밀묵이다.

할아버지가 돌아앉으며 한마디했다.

내가 지금 핑하니 나갔다올까? 한 판 사오자꾸나.

세 사람은 말을 뚝 끊고 일제히 할아버지를 돌아보았다.

추석날 저녁이니 기왕에 인심을 쓰려면 당장 해야지.

할아버지가 물을 마시고는 끙 하고 일어났다. 딱부리도 따라나서며 말했다.

할아버지, 저 가두 돼요?

그래, 샛강 다리 건넜다가 돌아오는 데 한 이십여 분 걸릴라나……

땜통과 빼빼엄마는 비닐하우스의 큰 개들을 위해서 잔반을 끓이기 시작했고 할아버지와 딱부리는 일 톤 트럭에 올랐다. 늘 다니던 길이 나 있어서, 조금 울퉁불퉁하긴 했지만 곧 매점 앞길이 나오고 사무소 앞과 쓰레기차가 다니는 넓은 비포장도로가 나왔다. 차는 딱부리와 엄마가 처음 이곳으로 들어오며 건넜던 다리를 지나 강변도로로 빠지지 않고 이차선의 지방도로로 휘어졌다. 거기부터는 아스팔트길이었고 가로수도 보였다. 딱부리는 몇 달 만에 처음으로 꽃섬을 벗어나보는 셈이었다. 할아버지가 운전하면서 혼잣말하듯이 중얼거렸다.

김서방네 식구가 정말 있긴 있는 모양이구나.

우리 곁에서 늘 살아왔다는데요.

할아버지는 딱부리 쪽을 힐끔 돌아보고 나서 말했다.

그것들이 메밀묵 좋아한단 말도 들어봤다. 나는 우리 딸이 헛소리하는 줄만 알았구나.

저두요……

멀리 읍내가 보였다. 밭과 논두렁 가운데 불빛이 훤했고 이삼층짜리 건물도 보였고 신작로를 따라서 상가건물들이 연이어졌으며, 샛골목으로는 더욱 많은 집들이 보였다. 차가 큰길에서 왼쪽으로 돌아 들어가니 제법 너른 주차장과 재래시장의 좁은 골목들이 나타났다. 할아버지가 차를 세워놓고 골목을 이리저리 휘돌아서 기름집이며 잡화점이며 국밥집을 지나 어느 가게 앞에 도착했다. 주위의 다른 가게는 거의 문이 닫혔고 어쩌다 한 집씩 열려 있었는데, 대개는 시장 사람들이 서넛씩 모여앉아 명절 음식에 막걸리를 마시거나 노인네 혼자 텔레비전을 보고 있었다. 할아버지가 찾아낸 곳은 반찬가게였는데, 야채에서 콩나물 두부에 이르기까지 저녁 장 보러 나오는 이들이 언제나 들르는 곳이었다. 할아버지는 기억을 더듬어 이집에서 확실히 메밀묵을 살 수 있다고 생각한 게 틀림없었다.

묵 있죠, 메밀묵?

할아버지가 물으니 아줌마가 내다보고 말했다.

다 팔았죠. 명절날 누가 그런 걸 먹나? 낼 나와보슈.

오늘 필요한데.

무슨 묵 내기 화투라도 치셨나, 깔깔.

추석 저녁에 메밀묵을 찾으니 아닌 밤중에 홍두깨라는 생각
이 들었을 것이다. 아줌마가 건너편 식품점에다 대고 느닷없
이 외쳤다.

거기 메밀가루 있지?

맞은편 가게의 남자가 두리번거리다가 봉지 하나를 쳐들어
보였다. 남자는, 이거요? 하듯이 봉지를 흔들었다. 할아버지
가 그쪽으로 가서 포장 위의 글씨를 확인했다. 뒤져보니 다섯
개인가 있었는데, 할아버지가 하나씩 집어들면서 말했다.

이거 다 주슈.

어이구, 메밀묵공장이라도 차리시려나.

만물상 할아버지가 생각났다는 듯 막걸리 열 병짜리 한 묶
음을 샀다. 할아버지와 딱부리는 산 물건들을 나누어 들고 트
럭으로 되돌아왔다. 할아버지가 말했다.

그래, 풀 쑤듯 쑤어서 굳히면 묵이 되는 걸 잊어버렸네. 옛
날에는 청포나 도토리묵도 다 그렇게 쑤어먹었거든.

저는 메밀묵 먹어본 지 오래되었어요.

딱부리의 말에 할아버지도 고개를 끄덕였다.

그렇겠구나. 요즘 세상에 안 하게 된 짓이 어디 한두 가지냐?

차가 꽃섬을 향하여 달려가는데 멀리서 보기에는 야트막한 언덕이 길게 연이어 있는 것 같았다. 달이 언덕 위에 떠올라 있었다. 쓰레기장에서 건너다 뵈던 들판 오른쪽에 야산을 등지고 샛강말의 불빛들이 보였다.

할아버지, 원래 꽃섬에 동네가 있었나요?

그러엄, 내가 거기서 태어났는데. 큰 동네가 있었지. 지금은 모두 보상받고 나가서 샛강말에 자리를 잡았지만, 거기두 못 살 데라고 많이들 떠났다.

딱부리는 전에 살던 산동네가 그리워져서 잠깐 그 골목들을 머릿속에 떠올렸다. 할아버지가 다시 말했다.

못 살 데가 어디 있겠냐. 돈 없으면 어디나 못 살 데가 되는 거지. 여기서야 파리만 좀 참으면 돈이 생기지 않냐? 이제부터 날씨 추워지면 파리 모기도 들어가고 지낼 만하단다.

할아버지가 샛강을 건너는 다리로 차를 돌렸다.

너희들이 찾아와줘서 다행이다. 우리 딸이 그전에는 아예 집 나가서 혼자 돌아다니고 그랬다. 철없는 것들은 미친년이라구 놀리며 돌 던지구 그랬지.

딱부리는 말없이 만물상 할아버지의 말을 듣기만 했다.

즈이 에미가 죽고 나서 스무 살 무렵부터 그랬는데, 사람들 말로는 무슨 신이 내렸다고 굿을 해야 된다는구나. 지금도 넋이 들락날락하지만 그래두 예전보다는 많이 나아졌다.

트럭이 비탈길을 오르고 다시 사무소 앞과 매점 앞길을 지났다.

파리하구 같이 살듯이 그 뭣이냐…… 헛것들도 사람하구 가까이 있는 모양이다. 너희는 무섭지두 않냐?

만물상 할아버지의 말에 딱부리는 고개를 저었다.

아뇨, 재미있어요.

자고 일어나도 언제나 고약한 냄새며 먼지와 파리떼에 괴물 같은 덤프트럭들이 쏟아내는 온갖 물건들의 추악한 형상에 비하면 무서울 게 있을 리가 없었다. 이제는 갈퀴 끝에서 어떤 동물의 썩은 몸통이 나와도 발치로 휙 밀어내버리면 곧 다른 물건에 뒤덮여버리곤 했다. 사람들이 쓰다 버린 물건의 종류가 어찌나 많은지, 그것들은 생선 머리처럼 원래의 모양을 잃고 복잡하고 자잘하게 분해되어 있어서 기계가 처음 만들어냈을 때와는 전혀 다른 기괴한 사물로 보였다. 아아, 다른 세상으로 날아가고 싶다. 딱부리는 달빛에 드러난 풀숲을 내다보면서 그렇게 중얼거릴 뻔했다.

트럭이 집 앞에 멈춰 서자 다시 개들이 짖기 시작했다. 경계의 소리라기보다는 주인의 차가 돌아온 것을 반기는 소리 같았다. 짖는 사이사이로 끊임없이 낑낑거리고 호소하는 것 같은 소리가 들려왔기 때문이다. 그들이 시장에서 산 물건을 들고 집안으로 들어가자 불구의 늙은 강아지들이 먼저 달려들어 냄새를 맡았고, 땜통과 삐삐엄마가 봉지며 막걸리를 받았다.

이게 뭐예요?

삐삐엄마가 묻자 할아버지 대신 딱부리가 말했다.

메밀가루요. 풀 쑤어서 만든대요.

아, 잘됐다. 나 그거 할 줄 알아.

삐삐엄마가 김치 담글 때 쓰는 플라스틱 함지에다 가루를 봉지째 털어넣고 주걱으로 젓기 시작했다. 그녀는 바깥으로 나가 드럼통 화덕에 얹은 가마솥에다 그것을 붓고 풀을 쑤기 시작했다. 할아버지는 그새를 못 참고 막걸리 한 병을 따서 사발에 따르고는 단숨에 비워버렸다. 삐삐엄마가 가마솥에 쑨 죽을 퍼서 함지에 담아가지고 돌아와 위를 평평하게 두드려주고 조리대 위에 올려두었다.

식히면 금방 굳을 거야. 근데 아부지, 약주 하세요?

음, 맛이 어떤가 해서. 그것들두 오늘 메밀묵에 막걸리 한잔씩 줘야 하지 않겠나?

시장 다녀오고 나서 죽 쑤고 식히고 하느라 족히 한 시간 반이 걸렸다. 네모난 판이 있었더라면 메밀묵이 더욱 각지고 모양 좋게 나왔을 테지만 함지가 둥근 것이라서 넓적한 반달 모양이 되었다. 그래도 한 모씩 베어내어 도마에 썰어놓으니 멀쩡한 메밀묵이었다. 빼빼엄마가 묵이 담긴 함지를 이고 땜통과 딱부리는 막걸릿병이 담긴 비닐봉지를 들고 집을 나서려니 빼빼가 따라오겠다고 기를 쓰며 짖어댔다. 할아버지가 고놈을 안아올리고는 밖을 내다보며 말했다.

니 실성기나 낫게 해달라구 그래라.

달은 이미 중천에 높이 걸렸고 온 세상이 하얗게 되었다. 달빛이란 전깃불 빛과 달라서 추한 것들은 적당히 감춰주고 강이나 나무나 풀이나 돌멩이와 물건들까지도 친근하게 만드는 것 같았다. 세 사람은 풀숲을 헤치고 여울목 쪽으로 걸어갔다. 달빛이 내려앉은 숲은 전혀 다른 세상 같았다. 구부러진 나뭇가지와 키 작은 관목들이 발에 걸렸고, 아이들의 키를 넘는 억새풀이 얼굴에 스칠 때마다 밤이슬이 차갑고 선득했다. 키 큰 나무들이 둘러선 게 보이고 달빛도 나뭇가지 뒤에서 어른거렸다. 그들은 당집 앞마당에 도착해서 묵이 담긴 함지를 내려놓고 막걸리는 병째로 마개만 따서 당집 마루에 가지런히 늘어놓았다. 빼빼엄마가 막걸리 한 병을 들고 버드나무 아래로 가서 한 모금 머금었다가 밑동에 몇 번씩 뿜어주었다. 거의 한 병을 그렇게 뿜어주던 삐삐엄마가 움칠움칠하더니 어깨를 들썩이고 토악질을 하면서 쓰러졌다. 그녀는 팔다리를 버둥거리며 누워 있다가 한참 만에야 시치미를 떼듯이 말짱하게 일어나 앉았다. 땜통이야 여러 번 겪은 일이라 그녀의 손을 잡아주고 있었지만, 딱부리는 지난번에 보아서 알고 있었는데도 다시 한번 놀랐다. 그녀의 발작이 시간을 맞추어 일어나는 게 아니라 자기 느낌이 오면 갑자기 시작된다는 걸 어렴풋이 짐작할 뿐이었다. 그녀는 두 손을 앞으로 내밀고 흔들면서 말했다.

어서들 와요, 제물 먹으러 와요!

그녀가 숲속을 둘러보며 말했다. 땜통과 딱부리는 여러 점의 푸른 불빛이 나무 사이로 움직이는 것을 보았다. 어느새 사람들이 두런두런하며 모여들었고, 그들은 마당 가녘의 적당한 거리에서 멈추었다. 삐삐엄마가 땜통과 아이들의 등을 떠밀며 강변 쪽으로 뒷걸음질쳤다. 그제야 거뭇거뭇한 사람들은 다시 전각 앞까지 들어와 메밀묵을 먹고 막걸리를 마시기 시작했다. 조그만 그림자가 그들의 앞으로 걸어나왔다. 땜통이 아이를 알아보고 말했다.

우리가 메밀묵 가져왔다.

고마워.

아이는 그전처럼 허리를 굽혀 인사를 했다. 딱부리가 말했다.

너희 식구 모두 왔니?

응, 할아버지 할머니 아버지 어머니 큰아버지 큰어머니 작은아버지 작은어머니 외삼촌 이모 고모 숙모 사촌형 누나, 그리구 내가 젤 꼴찌 막내야.

아이는 무슨 주문을 외우듯이 가족 소개를 했다. 여자가 나섰다.

나 알아보겠니? 김서방이 느이 아버지 맞지?

아이가 키득키득 웃고는 말했다.

네, 우리 어른들은 누구나 김서방이에요. 아줌마는 당나무 할머니하구 통하지요?

내가 지금 그 할미야.

메밀묵 같이 드셔요.

아니, 술 한잔 시언하게 자알 먹었다.

아이가 다시 식구들에게로 돌아갔고 두런대는 얘기 소리와 먹고 마시는 소리가 계속되다가, 아이가 나무 사이로 모습을 드러내고 말했다.

일루 와, 식구들이 너희들 보고 싶대.

땜통이 제일 앞장을 섰고, 여자와 딱부리가 그 뒤를 따랐다.

아이의 식구들은 얼핏 보기에도 이십여 명이 넘어 보였고, 마치 기념사진이라도 찍는 것처럼 전각 앞에 둥글게 열지어 서 있었다. 동네 아저씨처럼 낡은 회색 작업복에 새마을모자까지 쓴 아저씨가 앞으로 나서더니 그들에게 말했다.

내가 저 아이 애비다. 우리 식구들이 요즈음 병이 걸려 기운을 못 쓰고 있었는데, 덕분에 싹 나았구나.

뒷전에 섰던 수염이 허연 할아버지가 고개를 끄덕였다.

이것 봐라, 이제야 사지가 멀쩡해졌다, 허허.

할아버지는 팔다리를 휘저어 보였다. 그도 동네 노인들처럼 낡은 신사복에 무릎이 튀어나온 무명바지를 입고 있었다. 꽃무늬 몸뻬에 셔츠를 입고 머릿수건까지 쓴 아줌마는 작은 아이의 엄마였는데, 빼빼엄마에게 말했다.

버드나무 할머니가 우리를 잘 보살펴주셔요.

댁들이 든든하답니다. 서로 돕고 살아야지요.

빼빼엄마도 대답했다. 우리에게 처음 말을 걸었던 작은 아이가 땜통에게 말했다.

언제 우리 동네루 놀러 와.

너희 동네가 여기 있다구?

땜통이 물었더니 아이는 언제나 그랬듯이 키득 웃었다.

우린 꽃섬에서 오래오래 살았다.

할아버지가 기운차게 말했다.

자알 먹었다. 모두들 일하러 가야지.

그들은 술렁술렁하더니 전각을 둘러싼 나무들 사이로 새어
나갔고 푸른 불빛이 점점이 보이다가 사라졌다. 빼빼엄마와
두 아이들은 멍하니 서 있었다. 딱부리가 제정신이 돌아온 것
처럼 싱겁게 중얼거렸다.

뭐야, 우리 동네 사람들하구 똑같잖아. 쓰레기 주우러 가는
걸까?

농사 짓는다구 그랬다, 히.

땜통이 말하자 빼빼엄마도 고개를 끄덕였다.

버드나무 할미가 그러신다. 저이들이 첨부터 꽃섬 임자라
구.

그들은 숲을 벗어나 억새밭을 지나고 이곳저곳에 작은 전자
제품 무더기가 있는 곳을 지나서 빼빼네 집으로 돌아갔다.

4

　날씨가 싸늘해지면서 일이 점점 힘들어졌다. 연탄재가 서너
배나 늘었고, 김장철 십여 일 동안 쓰레기장은 이선은 물론이
고 일선에서 일하는 사람들도 미처 값나가는 폐품을 제대로
골라낼 틈이 없어졌다. 연이어 밀려드는 김장쓰레기와 연탄재
가 비닐, 병, 깡통, 지함, 고철 같은 것들을 일시에 덮어버리곤
했다. 연탄재와 김장쓰레기는 구역을 가리지 않고 모든 쓰레
기의 절반쯤 되었다. 이수라는 반원들에게 말하곤 했다.

　이게 다 세상 이치여. 파리 모기가 가버리니 연탄재가 온다
구.

　새벽작업이 끝나면 전에는 흙으로 복토작업을 하던 불도저
들이 연탄재를 부수어 평평하게 만드는 작업을 하느라 일대가

허연 먼지로 뒤덮였다. 전에는 얼굴이 새카맣던 사람들이 이제는 밀가루를 뒤집어쓴 것처럼 하얗게 변해버렸다.

첫눈이 내리던 날 저녁에 딱부리는 엄마가 집어낸 폐품을 분류하고 운반하는 작업을 하고 있었다. 쓰레기장에서 내려와 아래쪽 공터에서 부대자루에 수집한 것들을 나누어 담고 있는데, 오토바이와 트럭들이 줄지어 선 주차구역 쪽에서 만물상 할아버지가 올라왔다. 그는 먼저 엄마에게 말을 걸었다.

오늘 뭐 좋은 것 좀 나왔소?

아휴, 요즘 저희 구역에는 김장쓰레기만 몇 차씩 와요. 지함은 많이 나오는 편이구요. 비닐하구 지함 좀 들여가세요.

개인으로 오토바이와 작은 차로 폐품을 떼어가는 중간상인 만물상들은 총매수 날과 상관없이 그때마다 원하는 물건을 구입해가기 때문에 수집꾼들도 아쉬울 때 잔돈을 만질 수가 있었다. 할아버지가 말했다.

애, 그 깡통하구 플라스틱 물건들 모두 내어봐라.

딱부리는 다섯 부대의 물건을 옆으로 끌어냈다. 분류장의 저울로 무게를 달고 할아버지가 엄마에게 돈을 주었고, 딱부리는 부대자루를 메어다 할아버지의 일 톤 트럭에 실었다. 할아버지가 운전석으로 올라가며 말했다.

이젠 작업이 대충 끝나지 않았냐?

물건 정리하던 중이었어요.

너를 찾던데……

아줌마가요?

니 동생도 와 있는 거 같더라.

딱부리는 알았다고 고개를 끄덕이고는 엄마에게 달려가서 땜통을 찾으러 가겠다고 말했다. 엄마는 새벽부터 온종일 일을 시킨데다 저녁은 으레 각자 해결하던 터라 못 들은 척 그냥 힐끗 쳐다만 보고 하던 일을 계속했다. 차의 전조등이 켜지자 불빛 속에 뭔가 날리는 게 보였다. 몇 겹의 작업복에 모자까지 쓰고 있어서 딱부리는 느끼지 못했지만 눈이 내리기 시작했던 모양이다. 딱부리가 조금 들뜬 목소리로 외쳤다.

야, 눈 온다!

그렇구나.

할아버지가 차를 몰아 나가면서 말했다.

첫눈이라 많이 오진 않을 게다. 많이 오면 모두 고생이지.

작업장 부근을 벗어나 빼빼네 집으로 가는 동안에 눈발이 조금 더 굵어졌다. 그렇지만 앞창에 내리는 눈은 대번에 녹아서 물방울로 변했다. 개들이 짖고 낑낑대는 소리와 함께 문이 열리고 빼빼엄마와 땜통이 내다보았다. 마당에 눈이 희끗희끗 내려앉고 있었다.

오늘 무슨 날이에요?

딱부리가 묻자 빼빼엄마는 밥상 위에 반찬을 늘어놓으면서 말했다.

오늘 김장을 했지 뭐냐. 우리는 두 식구라 많이 하진 않았다. 그래서 기왕 하는 김에 메밀묵도 함지 가득 쑤었거든.

땜통이 기분좋을 때 늘 그러듯이 웃음소리를 섞어가며 말했다.

김서방네 식구들도 좋아할 거다. 나는 꼬마를 만나고 싶다, 히이.

밥상에는 노란 배춧속과 양념이 올라왔고, 삶은 돼지고기 삼겹살도 있었다. 빼빼엄마가 할아버지를 위해서 막걸리 한 병을 올려놓고는 밥상머리에 앉으며 할아버지에게 먼저 따라주고 자기도 한 사발 따르려고 병을 기울였다.

너 괜찮겠냐? 오늘 날이 궂은데⋯⋯

하면서도 할아버지가 술병을 빼앗아 딸에게 한 사발 따라주었다. 부녀가 함께 막걸리를 단숨에 마셨다. 빼빼엄마와 두 아이들은 함지를 이고 막걸릿병을 들고 여울목 숲으로 찾아갔다. 앙상한 나뭇가지와 마른 억새 들은 젖어 있었고, 드러난 모래땅에는 눈이 하얗게 한 꺼풀 쌓였다. 빼빼엄마는 전에도 그랬듯이 버드나무 고목으로 다가서서 막걸릿병을 들어 한 모금씩 머금었다가 나무둥치에 뿜었다. 그러고는 몇 차례 어깨를 떨며 소스라치고는 이번에는 뒤로 넘어가거나 발작하지 않고 평온하게 목소리만 바뀌었다.

어허, 시언하다!

그녀는 당집 아래 맨땅에다 메밀묵이 가득 담긴 함지를 놓고 막걸릿병을 늘어세우고 억새숲을 향하여 외쳤다.

어서들 와요. 제물 먹으러 와요!

어둠 속에서 두런두런 인기척이 들리며 그들이 거뭇거뭇 나타났다. 김서방네 식구들은 그전처럼 멈춰 서지 않고 세 사람 가까이로 몰려들었다. 새마을모자를 쓴 아버지와 머릿수건에 몸뻬 입은 어머니와, 흰 수염의 할아버지며 할머니, 낡은 양복 차림의 큰아버지, 예비군복 입은 외삼촌, 작은아버지와 작은 어머니, 이모 부부, 고모 부부, 사촌형제들, 형들과 누이들, 그리고 식구들 중의 막내손자인 꼬마가 나타났다. 그들은 휘익 하는 바람을 일으키며 메밀묵이 담긴 함지 주위로 몰려들었다. 빼빼엄마와 땜통과 딱부리가 서 있는 전각 앞이 갑자기 사람들로 가득 찼다. 그들 세 사람 사이로 김서방네 식구들이 가깝게 다가섰지만 바람이 스치는 듯한 서늘한 느낌뿐이었다. 좀 어두워서 그렇지 식구들의 얼굴이 붉거나 푸르거나 하지는 않았고, 어쩐지 잘 알던 동네 사람들을 만난 것 같았다. 꼬마

아버지가 삐삐엄마에게 말했다.

버드나무 할머니 덕분에 우리 식구가 병이 다 나았습니다.

많이들 드시우.

작은 아이가 땜통과 딱부리에게 말했다.

잘 있었니? 그동안 우리는 정신없이 바빴거든.

뭣 때문에?

땜통이 묻자 아이가 말했다.

가을걷이를 해야 하니까. 우리두 내년 대보름까지는 쉰단다.

너두 어서 먹어라.

삐삐엄마의 재촉에 아이는 고개를 숙여 보이고는 어른들 틈에 끼어서 메밀묵을 먹었다. 김서방네 온 식구들이 먹고 마시는 모양을 세 사람은 흐뭇한 느낌으로 구경하고 서 있었다. 그들은 묵을 맛있게 먹고 막걸리도 마시고는 다시 늘어서서 삐삐엄마와 아이들에게 인사를 하고 나서 조용히 물러가기 시작했다. 작은 아이가 땜통 앞으로 가까이 오더니 말했다.

너희들 우리 동네 놀러 갈래?

히이, 정말 우리두 갈 수 있다구?

날 따라오면 된다.

아이가 어른들이 사라진 억새숲을 향해서 걸어들어갔고, 땜통과 딱부리도 얼결에 따라 들어갔다. 무성한 억새의 마른 잎들이 얼굴에 스치더니 갑자기 캄캄해졌다가 부옇게 밝아왔는데, 앞은 보이지 않았다. 안개가 가득 차 있었기 때문이다. 앞서가던 작은 아이가 보일 듯 말 듯하는 게, 안개가 조금씩 걷혀가는 것 같았다. 주위는 대낮처럼 밝거나 또렷하지는 않고 마치 달밤처럼 은은했다. 오른쪽으로 강이 흐르고 있었고 건너편 들판 머리에는 병풍 같은 산들이 오르내리며 빙 둘러져 있었다. 뒤로는 높다란 언덕이 강물 가까이 늠름하게 절벽처럼 솟았는데, 앞으로는 모래밭 포구와 얕은 야산들이 보이고 들판에 수수가 한들거리고 있었다. 굽어지고 휘어진 오솔길 옆에는 시원스레 키 큰 버드나무들이 줄지어 서 있다. 어귀에 신우대가 우거진 동네가 나타났다. 곳곳에 초가지붕들이 보였고 언덕 위쪽에도 다른 마을이 보였다. 작은 아이의 걸음을 따라잡은 딱부리가 아이 곁으로 다가서며 말했다.

여기가 어디냐?

아이가 늘 그랬듯이 키드득 웃었다.

보면 모르니? 꽃섬이야.

여기가 우리 동네라구?

땜통이 사방을 휘둘러보며 되묻자 아이가 대답했다.

그래, 옛날엔 이랬거든.

옛날 꽃섬이라구?

그렇다니까. 저기가 우리 동네다.

잠시 멈춰 서서 강을 내다보면 한가운데 숲이 우거지고 나직한 산도 있는 이웃 섬이 보였고 돛을 단 조각배가 천천히 지나가고 있었다. 강변 풀밭에는 송아지를 거느린 어미소가 풀을 뜯고 있었다. 풀꽃이 가득 피어난 강가에는 오리가 날아앉거나 물장난을 치는 게 보였다. 주변을 찬찬히 살펴보던 딱부리가 말했다.

저기 못 보던 섬이 있었구나.

사람들이 폭파시켜버렸어. 이웃 동네였는데 그쪽 식구들은 오래전에 모두 떠났다.

작은 아이가 말했다.

우리 식구도 언젠가 여길 떠나게 될지 모른다.

앞서가던 어른들은 각자의 집으로 사라져갔고 아이가 땜통과 딱부리를 데리고 기역자의 초가집 앞마당으로 들어갔다. 큰형은 마당에서 장작을 패고 있고 엄마는 부엌에서 뭔가 가마솥에 끓이고 아버지는 툇마루에 앉아 곰방대를 태우고 누나들은 함지에 빨래를 담아 강변으로 나가고 있었다. 암소와 송아지, 오리와 돛단배와 가족들의 움직임은 몇 가지 장면의 재생처럼 계속 반복되었다. 딱부리가 말했다.

여기 쓰레기장이랑 우리 오두막동네는 다 어디루 간 거야?

여기선 보이지 않지만 늘 곁에 같이 있어.

아이가 왔던 쪽으로 돌아서서 손가락질하며 말했다.

저기 봐라, 안개가 잔뜩 끼었잖아. 온 동네가 몹쓸 안개로 뒤덮이는 날이 많아진다.

아이는 다시 하얀 연기 같은 안개가 자욱한 동네 위쪽을 가리켰다.

저쪽으론 더이상 나아갈 수 없어. 많이들 떠나고 우리 식구들만 남은 거야.

작은 아이가 이번에는 창고의 문을 열었는데, 안은 엄청나게 넓은 절집의 대웅전 같았다. 천장 대들보와 서까래에서부터 벽과 마루에 이르기까지 조그만 자루들이 빼곡히 매달려 있었다.

우리가 가을 내내 일한 거야.

뭐야, 저건 쌀이야?

땜통이 입을 벌리고 올려다보며 말하자 아이가 대답했다.

저건 풀꽃들 씨앗이야. 우리 식구들이 모두 거두었어. 봄이 오면 꽃섬의 흙이 있는 어디에나 뿌릴 거다.

작은 아이가 다시 땜통과 딱부리를 이끌고 왔던 길로 되돌아갔다. 딱부리가 돌아다보니 산과 들판과 마을은 처음과 똑같이 달빛 속의 풍경처럼 고즈넉하고 아득하게 그려져 있었다. 아이는 안개가 가로막은 길 앞에서 멈추었다.

잘 가라. 또 만날 거야.

땜통과 딱부리는 어느 결에 떠밀리듯이 안개 속에 휩싸였고 억새숲을 헤치고 나와 전각 앞마당에 누워 있었다. 빼빼엄마가 말했다.

이제 정신이 들었구나. 추운데 어서 일어나, 집에 가야지.

땜통과 딱부리는 어리둥절하여 서로를 쳐다보았다.

*

날씨가 추워지고 작업 조건이 나빠진데다 해까지 짧아져서 수집꾼들은 벌이가 점점 신통찮게 되어간다고 투덜거렸다. 새벽에는 늦게까지 어둠 속에서 일해야 하고 저녁에는 다섯시만 넘어도 어두워졌다. 저녁이면 매점 앞과 오두막동네의 공터마다 술판이 벌어졌는데, 모닥불은 전보다 더욱 커졌고 밤늦게까지 타올랐다. 떠들썩하긴 마찬가지였지만 작업중에 생긴 갈등으로 싸움판도 자주 벌어졌다. 싸움이 커지면 주위에 거친 물건들이 많아서 말다툼 끝에 멱살잡이로 끝나지 않고 피를 보기 마련이었다.

아수라 반장은 작업반원들의 친목을 이끌어야 한다는 평계로 술판 벌이기에 늘 적극적이어서 딱부리 엄마와 말다툼을 하는 날이 많았고 늦게까지 노름도 했다. 대개는 반원들이나 이웃 구역의 반장들과 술을 먹고 고스톱도 쳤지만 그날은 판이 커져서 개인차 구역의 조장들과 붙게 되었다. 개인차 구역은 차주 겸 사장들이 폐품 모두를 전매하지만 그 아래 조장들을 두고 사원이나 한가지인 일꾼들을 고용해서 삼칠제로 운영하고 있었다. 개인차 구역은 권리금이 비쌌지만 도시의 여러 지역 가운데서도 폐품의 수준이 높은 알짜만 맡고 있어서 구청 구역보다 수입이 몇 배가 넘었다. 조장들도 거의가 혈기 방자한 삼사십대들이 많았는데, 총수매 날에 보면 패를 지어 시내로 함께 놀러 나가곤 하는 것이 서로간에 결속력도 강한 편이었다.

오래전부터 아수라네 구청 구역에서는 한 가지 아쉬운 점이 있었는데, 플라스틱만큼 값이 나가는 깡통의 처리 때문이었다. 손아귀에 들어오는 맥주 깡통이나 통조림 깡통을 찌그려 납작하게 하는 것도 귀찮은 일이었고, 각종 기름통이며 알루미늄 그릇과 냄비 등속에 이르기까지 일일이 찌그려놓아야 많은 수량을 손쉽게 분류하고 수매도 편리해지는데, 그것을 일일이 망치로 두드리거나 발로 밟아서 처리하게 되니 작업 시간이 길어졌다. 마침 미군부대 수거를 맡은 협동환경 쪽에는 수거 분류 작업장에 압축기가 있어서 그런 일쯤은 순식간에 해치웠다. 아수라 반장은 그와 같은 아쉬운 사정으로 협동쪽 미군 쓰레기차의 조장을 찾아갔다. 협동은 관리사무소 뒤편에 자기네 전용 사무실로 컨테이너 박스를 한 채 쓰고 있었다. 아수라가 컨테이너에 들어가니 각 구역의 조장 몇몇이 둘러앉아 소주잔을 나누고 있었다.

어라, 이게 누구야? 근로대 반장님이 다 오시고.

오늘은 왕건이가 다 나갔는데, 여긴 웬일이야?

한마디씩 지분거렸지만 아수라 반장은 못 들은 척하고 자기가 찾는 조장에게 고갯짓을 해 보이고는 말했다.

박형, 잠깐 좀 봅시다.

얼굴이 새카맣고 몸집도 다부지게 생긴 조장이 그냥 앉은 채로 말했다.

뭐요, 겁나게 왜 그러슈?

아니, 잠깐 뭣 좀 물어볼라구……

그가 떨떠름한 얼굴로 아수라를 따라나왔다.

부탁할 게 있어서 말요. 저어 우리두 박형네 압축기 좀 빌려 쓰면 안 될까?

조장은 씩 웃더니 대답했다.

우리 일 다 끝나면 물건 갖구 와서 하시지 뭘. 근데 말야, 남들 눈도 있구 하니까 아예 우리한테 수매를 해버리는 게 어때?

아수라는 잠깐 생각했다. 하긴 개인차 구역에다 폐품을 넘길 때도 있었다. 그러나 역시 재생공장이나 만물상에 직접 넘길 때보다 관당 가격이 많게는 절반이나 적어도 삼분의 일은 깎여나가기 마련이었다. 아수라가 말했다.

그건 나 혼자 결정할 문제가 아니라…… 사용료 내라면 한 건당 얼마 하는 식으루 내지 뭐.

조장이 껄껄 웃으며 아수라의 등을 두드렸다.

까짓거, 좋았어. 오늘 술이나 한잔 사슈. 매점에서 소주나 좀 받아오시지.

그렇게 되어 아수라 반장은 매점에 가서 사 홉들이 소주 열 병을 사들고 사무실로 들어갔다. 이미 벌어져 있던 술판에는 마침 술이 떨어질 만한 때가 되었고, 안주는 아직도 푸짐하게 남아 있었다.

이거 칠면존데 양키들보다 먼저 앞당겨서 우리가 먹는 거요.

기름종이에 찢어놓은 칠면조 고기며 얇게 자른 돼지고기 등속을 집어먹느라고 손과 입술이 번들번들해진 젊은 조장이 술을 반기며 말했다. 상 위에는 생산지 도장 찍힌 오렌지며 시럽에 절인 자두 등속도 널려 있었다. 그들은 아마도 반장이 소주 사러 갔던 사이에 얼굴 새카만 박형 조장으로부터 술을 내는 연유에 대하여 들었을 게 뻔했다. 소주가 들어가자 원래 허세가 좀 있는 아수라 반장은 차츰 기분이 올랐다.

우리 구역이 협동이나 중앙보다야 못하겠지만 권리금이 구청 구역 중에 제일 높은 데요. 각자 알아서 먹구사니까 맘도 편하고.

요즘 반장 나리가 수입깨나 잡으신 모양이야?

그동안 김장쓰레기 땜에 골치 좀 썩었지만, 성탄절 대목이 오면 한숨 돌리겠지.

그 구역 어디지?

누군가 물었고 박형 조장이 대꾸했다.

북쪽의 동남 구역이지, 아마.

거기 쏠쏠하지. 큰 시장이 둘이나 있구 북쪽에선 거기가 중심지잖아? 소소한 공장두 많을걸.

조장들이 맞장구를 쳐주자 아수라는 조금씩 남의 패거리 사이에 끼었다는 사실을 잊어버렸다.

구청 구역 중에 우리가 젤 알짜지.

박형 조장이 말했다.

야야, 우리끼리 치지 말구 반장두 왔으니까 한판 돌려보자.

좋지, 어디 알짜 돈 좀 먹어볼까?

안줏거리와 술병을 한쪽으로 밀어놓고 조장 하나가 화투를 꺼내왔다.

고스톱은 사람 많고 부지하세월이니 짓고땡이나 섯다루 돌리지.

섯다가 좋아, 화끈하구 간단하잖아.

그럼 족보부터 쓰라구. 나중에 이러쿵저러쿵하면 귀찮다구.

판돈은 얼마루 할 거야?

한번 태우는 데 백원은 너무 쩨쩨하고 천원은 좀 많고 오백원이면 우리 수준에 맞겠는데?

판돈 태고, 서고, 다시 받고, 올이 내리 받으면 기본이 이천오백원이라구.

규칙을 정하느라고 잠깐 시끄럽더니 이번에는 판돈을 바둑알로 정하는데 만원 지폐를 두 장씩 판에 묻고 바둑알 사십 개씩 나누어 갖기로 했다. 누구든 바둑알이 떨어지면 많이 딴 사람에게서 현찰을 내고 사도록 했다. 아수라도 이 정도면 매우 건전한 판이라고 생각했다. 처음에는 패도 괜찮았고 제법 따는 것 같더니 몇 차례 서고 받는 판에서 지고 나니까 판돈이 다 나가버렸다. 그렇게 슬슬 잃기 시작하다가 두 차례나 튼 다음 드디어 장땡을 잡았다. 반장으로서는 벌써 십만원이나 잃었으니 한 달 벌이의 절반쯤이 날아간 셈이었다. 여섯 중 네 명이 함께 맞섰다가, 다시 서는 데서 하나가 떨어져나가고, 올 이에서 또하나 기권하고, 아수라 반장과 조장 박형이 남았다. 그때 아수라는 기권하는 자의 패 중에 한 장이 박형의 손으로 슬쩍 넘어가는 아주 짧은 순간을 놓치지 않았다.

잠깐, 뭐하는 거야, 이거?

뭐하긴 얼른 패를 까야지.

지금 바꿔치기 했잖아!

하, 미치겠네. 애들같이 왜 이래? 뭘 잡았는데, 그래?

아수라가 성질난 김에 패를 호되게 내려치는데 장땡이었고, 박형은 실실 웃으며 천천히 자기 패를 뒤집어 보였다. 눈이 번쩍 뜨이도록 빛나는 광땡이었다. 아수라는 그들이 바꾼 화투장을 찾는다고 삼월 광을 집었다가 팔월 광을 집었다가 하는데, 조장 박형이 수북이 쌓인 바둑알을 긁어가려고 두 팔을 내밀었다. 아수라가 성질은 있어가지고 탁자를 뒤집어버리자, 화투장과 바둑알과 곁에 밀쳐놓았던 술잔이며 안주까지 사방으로 흩어졌다.

이 양아치 새끼가 죽고 싶어 환장을 했나?

박형은 조장들 중에서도 싸움깨나 하는 다부진 사람이라 대뜸 아수라 반장의 멱살을 잡아올리더니 머리로 그의 면상을 들이받았다. 반장은 눈앞에서 불이 번쩍하는 듯하여 털썩 주저앉는데 쌍코피가 주르르 흘러내렸다. 그는 얼결에 바닥을 더듬다가 뭔가 쥐고 일어나면서 박조장을 질러버렸다. 박이 멀건 눈으로 아래를 내려다보는데 배에 칼이 박혔다. 고기 베어먹던 칼이 왜 여기에 있지, 하는 표정으로 그는 좌중을 둘러보고는 앞에 섰던 아수라를 두 팔로 잡으며 함께 넘어져버렸다. 그에게서 솟구친 피가 아수라의 상반신을 흠뻑 적셨고, 주위의 동료들은 얼른 박의 몸을 뒤집어 떼어냈다. 협동 조장들은 관리사무소로 달려가 구급차를 부르고 경찰에도 연락했다. 갑자기 구급차와 백차의 경적과 붉은 불빛으로 쓰레기장은 소란스러웠다. 엄마는 그런 소동을 미처 모르고 있었고, 땜통과 딱부리는 사람들 틈에서 수갑 찬 아수라 반장이 백차에 실려가는 꼴을 보았다. 오두막동네의 공터 이곳저곳에서 술 마시던 사람들은 물론이고 집에서 자던 사람들까지 몰려나올 정도의 구경거리였다. 그렇지만 사고로 사람이 죽는 일도 가끔 있었고 구역끼리의 패싸움으로 경찰 백차가 오는 경우도 흔한 일이어서 사람들은 별로 놀라는 것 같지는 않았다. 저녁 술판에서 주정하다가 한둘이 서로 치고받는 일은 거의 날마다 벌어지는 일이었다.

엄마는 아수라가 잡혀간 뒤에야 이웃 여자에게서 소식을 들고 먼발치에서 강변도로로 나가는 다리 쪽을 바라보았을 뿐 아무 말도 하지 않았다. 딱부리가 걱정이 되어 아수라네 방 출입문을 열어보니 엄마는 얼른 돌아앉으며 얼굴을 두 손으로 쓸어내리고 한숨을 푹 쉬며 말했다.

차라리 잘됐다. 그 인간 날마다 술 처먹구 쌈질 아니면 노름이나 하구 돌아댕기더니.

딱부리가 문을 닫고 돌아서는데 엄마가 다시 중얼거리는 목소리가 들려왔다.

하이고, 이년의 팔짜야!

땜통과 딱부리는 불도 켜지 않은 방에 나란히 누워서 한동안 서로 말을 걸지 않았다. 땜통이 갑자기 생각났다는 듯이 말했다.

아부지 백차 타구 잡혀가더라, 히.

딱부리는 엄마 때문에 울적했는데 땜통은 저희 친아버지인데도 어쩐지 기분이 좋아 보였다.

너는 느이 아부지 잡혀간 게 그렇게 좋냐?

나쁜 놈, 언제나 똑같다. 엄마두 나가구 아줌마두 못 살구 나가구…… 느이 엄마두 못 살게 됐잖아. 나쁜 놈, 맨날 내 머리나 때리구.

그 아저씨 죽었을까?

죽었을 거다. 피가 엄청 나왔다.

딱부리는 아버지 생각을 하고 있었다. 나라에서 새사람을 만들어 내보낸다는 무슨 교육대에서 언제까지 붙잡아놓고 있을지 모르지만 새사람은 무슨 의미일까를 생각했다. 언젠가 산동네에서 그런 소식을 듣고 새사람이 되는 게 무슨 뜻이냐고 편지 배달해주는 집배원 아저씨에게 물었더니, 바르게 사는 사람이 된다는 뜻이라고 말해준 적이 있었다. 쓰레기장에서 바르게 사는 것은 어떻게 사는 것일까. 사람들이 돈 주고 물건을 마음 내키는 대로 사다가 쓰고 버린 것처럼 자기네도 더이상 쓸 데가 없어져서 이곳에 버린 게 아닌가 하는 생각이 들었다. 땜통이 한참 잠자코 있다가 침을 꿀걱 삼키고는 딱부리에게 물었다.

형아, 사람 죽이면 큰 벌 받지?

아마 사형일걸.

사형이 뭐냐?

딱부리는 어둠 속에서 머리를 흔들고는 다시 대답했다.

그 아저씨 조금 다쳤을 거다. 병원에 가서 꼬매면 나을 거야. 느이 아부지도 곧 돌아온다.

땜통은 한참이나 말없이 옆에 누웠더니 돌아누우며 코를 자꾸 훌쩍이는 게 느낌이 별로여서 딱부리가 물었다.

너 우는 거야?

응, 울 엄마 생각난다.

딱부리는 그 말에 갑자기 울컥해져서 몸을 돌려 땜통의 어깨를 감싸주었다.

인제 자자. 낼 아침에 일어나면 괜찮아질 거야.

새벽에 딱부리가 저절로 깨어 작업 채비를 갖추고 나가서 엄마를 기다렸지만, 엄마는 아직도 잠에서 깨어나지 않았는지 아니면 몸이 불편한 건지 불이 꺼진 채 나오지 않았다. 작업장으로 나가자 헬멧 아저씨가 반원들을 모으고 있다가 딱부리에게 물었다.

느이 엄마는 안 나오냐?

아퍼요. 제가 엄마 대신 일선에 나서면 안 되나요?

너는 미성년이라 일선은 안 되고……

반장 대행인 헬멧 아저씨가 두리번거리는데 이선에 섰던 아줌마가 말했다.

지금 일 나올 기분이겠어요? 오늘은 내가 대신 그 자리에 들어가야겠네.

어째 하필이면 댁이 그 자리요? 내가 여기서 몇 년인데……

다른 이선 아저씨가 말했다.

같은 여자니까 오늘 하루 내가 나서겠다는 거예요.

이선 아줌마가 떠들자 헬멧은 손을 쳐들어 막는 시늉을 하며 일렀다.

아아, 그만들 하구. 아줌마가 일선에 서슈. 자아, 차 들어옵니다.

헬멧은 몰려 올라오는 트럭의 전조등 불빛 속으로 내달아 앞서 뛰면서 외치기 시작했다.

오라이, 오라라이!

엄마는 오후 늦게야 작업장에 나왔는데, 얼굴이 핼쑥했다. 아마도 공사장과 공장 쓰레기에서 값나가는 알짜들이 많이 나오니 그것만이라도 뒤늦게나마 놓치기 싫었을 것이다. 엄마가 앞에서 등이 휘어지도록 힘을 쓰고 있는 게 보였다. 엄마가 갈퀴를 쥐고 고철이며 녹슨 철근을 캐내다 걸려서 잘 나오지 않을 때에는 아수라가 달려들어 뽑아주곤 했는데, 딱부리는 저도 모르게 엄마를 도우려고 앞으로 나섰다. 어느 틈에 그를 앞지르고 헬멧 아저씨가 달려들더니 고철을 쑥 뽑아내어 뒤로 던졌다. 딱부리가 받아서 따로 모았고, 헬멧 아저씨는 말했다.

소식 들었소?

무슨……

병원 실려간 사람, 죽진 않았는데 창자가 다 나갔다지. 살인 미수니까 금방 나오긴 어려울 거 같더라구.

엄마는 대꾸하지 않고 갈퀴질만 열심히 했다. 이번에는 비닐장판과 플라스틱 창틀을 캐서 던졌다.

면회나 한번 가보지 그러쇼?

아무 관계두 없는데 어떻게 면회를 가요?

엄마가 그제야 일손을 멈추고 헬멧 아저씨를 돌아보았다.

아니, 관계가 왜 없어? 누이라든가, 동거녀라든가……

헬멧은 나오는 대로 말해놓고는 얼버무렸고, 엄마는 침착하게 대꾸했다.

호적상 아무 상관이 없잖아요.

헬멧이 안심했는지 엄마 곁에 바짝 다가앉았다.

지금 반장이 관내 경찰서에 있다드만. 애들 데리구 가봐요. 동거녀라면 그 뭣이냐, 내연적 관계라구. 순경들도 여기 사정을 훤히 아니까 면회가 된다구요.

엄마는 여전히 일손을 놓고 조용히 쪼그려앉아 있었다. 헬멧이 딱하다는 듯이 두 손을 아래위로 흔들어대며 설명했다.

나가 지금 이 말을 왜 하느냐. 생각해보슈. 막말루다 위자료가 있었어, 전별금이 있었어? 반장 그 사람 꽁쳐논 돈두 있을 테구 하다못해 통장이라두 있을 거란 말이지. 유치장 있을 적에 바라지 좀 해주면, 저두 사람인데 빵으로 넘어갈 때 무슨 생각이 있었지.

엄마가 헬멧 아저씨에게 물었다.

면회를 하려면 어떻게 어디루 가야죠?

우선 사무소에 가서 여차저차 사정을 듣고 애들 데리고 경찰서루 찾아가면 될 거요. 낼 오전에 가는 게 좋을 텐데.

딱부리는 그들의 대화를 빠짐없이 모두 듣고 있었다. 저녁 늦게 오두막으로 돌아와서 엄마가 땜통과 딱부리에게 저녁을 차려주고는 자신은 몇 숟갈 뜨다 말고 물러났다. 엄마가 딱부리에게 말했다.

너 낼 새벽일은 나가지 마라.

딱부리는 다 알고 있었지만 말없이 숟가락질만 하고 있었다.

너희 둘 다 아침에 엄마하구 읍내 나가야겠다.

엄마가 말을 꺼내자 딱부리는 조심스럽게 대답했다.

얘만 데리구 가요.

엄마는 잠깐 생각해보더니 더이상 말하지 않고 등을 돌려 누워버렸다. 딱부리가 조심스럽게 상을 치우고 땜통을 데리고 옆방으로 건너왔다. 마주 앉자마자 땜통이 말했다.

형아, 읍내에는 왜 가는데?

느이 아부지 만나러 가는 거다.

나는 싫어, 안 간다.

인마, 아부지를 오랫동안 만나지 못할 텐데, 그래두 좋아?

아주 안 왔으면 좋겠다.

엄마가 널 데리구 갈 거니까 따라가봐.

두 아이들은 어둠 속에서 자리를 깔고 누웠고, 어제처럼 한동안 말이 없었다.

형아, 그전에 김서방네 꼬마하구 갔던 동네 생각나?

딱부리는 생각나는 정도가 아니라 작업장에서 일하면서도 틈틈이 그때의 강변 풍경이 떠올라서 일손을 멈추고 주위를 두리번거릴 적이 많았고, 엄마와 아수라는 한눈판다고 몇 번 야단을 치기도 했다.

글쎄, 우리가 꿈을 꾸었나?

아냐, 나는 그뒤에도 불빛을 몇 번이나 보았다구. 거기 가서 살면 안 될까?

땜통의 말에 딱부리는 막연하지만 어쩐지 두려운 마음으로 대답했다.

우리는 사람이구 그쪽 식구들은 퍼런 불빛이잖아. 물고기하구 우리하구 같이 살 수 있겠냐?

땜통은 돌아누우면서 아이 같지 않게 한숨을 포옥 내쉬고는 말했다.

우리는 쓰레기랑 여기서 같이 살아야겠구나.

이튿날 엄마는 물 길어다 깨끗이 씻은 뒤에 땜통도 대야의 물을 두 번이나 갈아치우면서 뽀득뽀득 세수시키고 외출복 갈아입고 관리사무소에 들러서 아수라 반장에게 면회하러 간다고 알렸다. 사무소 직원은 딱하다는 듯이 고개를 끄덕이며 듣고는 물었다.

주민증 지참했지요?

엄마가 새삼스럽게 손지갑을 열어 확인하고 주민증을 꺼내니까 직원이 책상 서랍을 부지런히 뒤지더니 명함 한 장을 꺼냈다.

이게 여기 담당 형사 이름인데, 가서 잘 얘기하면 면회를 시켜줄 겁니다.

엄마는 명함을 받아 손지갑에 소중히 넣고 허리 굽혀 절하고는 들어올 때보다 훨씬 밝고 자신있는 얼굴로 관리사무소를 나왔다. 엄마는 땜통을 데리고 먼지투성이의 비포장도로를 걸어 다리를 건너갔다. 시외버스를 타고 읍내에 내려서 사람들에게 물어물어 경찰서를 찾아갔고, 명함을 꺼내어 정문 앞의 입초 순경에게 내밀었다.

이분을 만나러 왔는데요.

작업복 차림의 젊은 순경은 명함을 받아 확인하고는 얼른 내주며 말했다.

보안과루 가보슈.

엄마는 사람들이 부지런히 드나드는 복도를 이리저리 헤매다가 보안과라는 팻말이 걸린 문을 찾아내고 조심스럽게 열었다. 문을 향하여 앉아 있던 가죽점퍼 차림의 젊은 형사가 눈살을 찌푸리며 물었다.

무슨 일입니까?

저어 여기……

하면서 엄마가 내민 명함을 건네받은 그는 뒷전의 칸막이 너머로 고개를 돌리고 큰 소리로 말했다.

이형사님, 여기 누가 찾아왔는데요!

와이셔츠에 넥타이 차림의 몸집 좋은 중년사내가 나타나더니 여자와 아이를 쓱 내리훑었다. 그는 냄새만으로도 알겠다는 듯이 코를 킁킁거리고는 엄마에게 물었다.

어디, 꽃섬에서 왔나? 일루 들어오쇼.

칸막이 너머도 책상과 캐비닛이 있는 사무실이었는데 빈자리가 많았고, 이형사 외에 두 사람이 더 있었다. 그들은 한번 쳐다보았을 뿐 서로 참견하지 않았다.

좀 앉으쇼.

엄마와 땜통은 주눅이 든 채로 접는 의자의 끝에 궁둥이를 걸치고 고개를 숙이고 있었다. 형사가 아수라 반장의 이름을

대며 건너편 동료에게 물었다.

조사 다 끝났나?

인제 시작인데 한 사나흘 걸릴 거요.

골치 아퍼서 참 나……

다른 동료가 끼어들었다.

엄살 부리지 말어. 거기 노다지라는데 뭘 그래.

사건만 많구…… 소문난 잔치라구, 그 동네가.

이형사가 고개를 돌리고 엄마에게 물었다.

관계가 어떻게 되든가?

얘는 그이 아들이구요, 저는 동거녀입니다.

엄마가 기어들어가는 목소리로 말했지만 이형사는 다 알겠다는 듯이 심드렁하게 말했다.

내연관계라 그 말이지. 근로대 출신들이 워낙 거칠어서 평소에 늘 주의를 주었는데 말야. 짜식이 아직두 철이 안 들면 어떡해.

그가 다른 부서로 전화를 걸고는 한참 설명을 했고 짜증까지 내면서 말했다.

조사란 게 뻔하잖아. 피의사실두 다 나온 거구, 목격자 진술두 받았겠다, 가족을 만나면 심경두 바뀔 테구 말야. 나야 그 동네 담당이니까 사정하는 거 아냐?

그는 끙, 하면서 의자에서 일어났다.

따라와요.

그는 유치장까지 가서 엄마의 주민증을 내놓고 면회신청서를 작성해서는 정복 순경에게 당부까지 하고 나서 엄마에게 말했다.

오늘 면회하면 다음부터는 자동적으로 될 거요. 직접 이쪽으로 와서 신청하면 되니까.

형사가 돌아서면서 땜통의 모자 쓴 머리를 쓰다듬으려 손을 내밀자 녀석은 재빨리 머리를 피해버렸다. 형사는 손을 쳐든 채로 잠깐 내려다보았다.

허, 고놈 참…… 즈이 애비 닮았네.

두 사람은 면회실로 들어갔다. 군 단위 읍내 경찰서라 면회실이라고 해봤자 유치장 옆의 작은 방에 책상과 의자 네 개가 놓였을 뿐이었다. 얼마쯤 기다리노라니 순경이 수갑 찬 괴죄죄한 몰골의 아수라 반장을 데리고 들어왔다. 그들은 책상을 가운데 두고 마주 앉았다.

왔냐?

아수라가 제 아들을 보면서 보통 때의 그답지 않게 한마디 했고, 엄마가 물었다.

괜찮아요?

그렇지 뭐. 여긴 뭣하러 오구 그래.

밖에 걱정은 말아요. 얘는 내가 데리구 있을 거니까.

미안해.

그는 달라진 사람처럼 풀이 죽어서 말했다. 잠시 말이 끊겼다가 엄마가 물었다.

뭐 부탁할 일 없어요? 사식 넣어달라든가……

그는 픽 웃고 말했다.

우리는 여기 밥두 꿀맛이야. 그런 걱정은 말구 영치금이나 좀 넣어주라. 사무소 가면 내가 맡겨둔 게 있거든.

뭘 맡겨두었는데요?

통장하구 도장. 내가 위임장 써주면 찾을 수 있을 거야. 그리구 이참에 당신두 권리금 내구 개인차 구역으루 옮기라구.

고마워요. 변호사 사야 되는 거 아녜요?

아수라 반장이 처음으로 거칠게 반응했다.

에이씨, 그런 놈들 필요 없어. 술 먹구 내가 저지른 일인데 복잡할 것두 없다구.

오가는 얘기를 메모하고 앉았던 순경이 의자에서 일어났다.

면회 끝. 시간 다 됐어요.

반장이 등을 돌려 나가려 하자, 땜통이 갑자기 울음을 터뜨렸고 어른들은 갑작스런 아이의 반응에 놀랐다. 애비는 물끄

러미 아들을 내려다보다가 한마디했다.

　이젠 느이 엄마다. 말 잘 듣고……

　그가 나가버리자 엄마가 땜통을 달랬지만 녀석은 어깨를 떨며 더욱 크게 울었다.

5

성탄절이 다가오고 있었다. 땜통 또래의 아이들은 그맘때에 교회 학교로 몰려가서 살다시피 했지만 어찌된 노릇인지 녀석은 딱부리의 일을 도왔다. 위험하다고 규정상 아이들은 접근 금지였는데, 땜통은 새벽일에는 안 나왔지만 오후부터 밤늦게까지 딱부리 옆에 붙어 있었다. 물건이 가득 든 바구니를 아래로 운반하고 분류한 물건들을 부대자루에 넣어 묶는 일까지 제법 잘 거들었다.

엄마하구 형이 하는 일이니까, 너는 집에 가서 쉬어도 된단다.

엄마는 녀석이 제 아버지가 없어져서 밥값이라도 하려고 애쓰는 것 같아 보기가 애처롭다고 말했다. 내려가라고 몇 번이

나 일렀지만 땜통은 아무 대답도 없이 딱부리가 뒷전에 쌓아
둔 물건들을 연신 바구니에 주워담았다. 반장이 된 헬멧 아저
씨도 처음에는 접근하지 못하게 하라고 야단을 치다가, 나중
에는 쓰레기에는 절대로 올라가지 말고 형의 뒷전에서 돕는
일만 시키라고 주의를 주었다. 엄마가 새 수건으로 땜통의 마
스크를 만들어주었고, 붉은 고무칠을 한 두 겹짜리 목장갑까
지 끼고 나서니 녀석도 버젓한 수집꾼이 된 것 같았다. 오후작
업과 저녁 무렵의 작업이 끝나면 한밤중처럼 캄캄해졌다. 아
수라가 사라진 뒤에는 딱부리와 땜통도 저희끼리 대충 끼니를
때우지 않고 엄마와 셋이서 밥을 해먹곤 했다. 엄마가 밥상을
차리다가 딱부리에게 말했다.

니 동생 어디 갔니? 얼른 가서 찾아와.

아까 작업장에 있었는데 언제 내려갔는지 보이지 않더라구
요.

그 녀석 교회에 갔나보다. 요즈음 거기 가면 뭐 주고 그러
잖아.

요새는 거기 잘 안 가는데……

내일 아침에 읍내 다녀올 거야. 그애 아버지가 구치소로 넘
어간다니 한번 들여다봐야지.

엄마는 밥상머리에 마주 앉아 딱부리를 바라보며 말했다.

느이 아버진 어디서 뭘 하구 있는지…… 아무튼 앞으론 좀 나아질 거야. 개인차 구역으로 옮길 생각이다.

권리금은?

딱부리가 물었더니 엄마가 밝은 표정으로 말했다.

어떻게든 되겠지 뭐.

둘이서만 저녁을 먹고 딱부리가 저희 방으로 들어가 촛불을 켰더니 땜통의 찢어진 작업복 상의와 목장갑과 마스크가 방 한가운데 던져져 있었다. 딱부리는 장갑을 집어들다가 문득 어떤 생각이 떠올라 집을 나섰다. 그는 오두막동네의 가운데 길을 빠른 걸음으로 내달려서 비닐과 골판지로 지은 갖가지 모양의 집들을 벗어났다. 그러고는 마른 풀로 뒤덮인 들판을 지나 언덕 위로 올라갔고 밭두렁을 질러서 강변 쪽으로 내려갔다. 본부에 도착했지만 불도 켜지 않아 캄캄했고 인기척도 없었다. 땜통 녀석, 어디로 갔을까. 그는 촛불을 켜고 두더지와 아이들이 갖다놓은 닭털이 삐져나온 침낭 속에 하반신을 집어넣고 우두커니 앉아 있었다.

땜통은 혼자 작업장에서 빠져나와 집에 들렀다가 본부로 갔었다. 그는 일하면서도 하루 종일 김서방네 식구들의 동네를 떠올렸고, 꼬마아이를 만나야 한다고 생각했다. 이제는 캄캄한 밤이 되었으니 늘 그랬듯이 본부 근처 강변의 억새숲에 푸른 불빛들이 나타날 것이다. 땜통은 본부 앞마당에 앉아서 캄캄한 어둠 속을 이리저리 둘러보았다. 한참이나 앉아 있었는데 푸른 불빛은 보이지 않더니 갑자기 검은 것이 아래편에서 나타났다. 타박타박 걸어올라오는데, 꼬마아이가 분명했다. 땜통이 마주 달려내려가며 반가워했다.

널 기다리구 있었다, 히.

작은 아이가 옆으로 비켜나는 바람에 땜통은 넘어질 뻔하다가 멈춰 섰다. 아이는 일정한 거리에 떨어져서 웃는 얼굴로 말했다.

니가 찾는 거 같아서 와봤지.

느이 동네 또 가보고 싶다.

작은 아이는 땜통의 말에는 대답 없이 키득 웃었다.

할아버지가 너희에게 좋은 것 가르쳐주라고 했어.

아이는 자기를 따라오라는 듯이 손짓을 하고는 앞장서서 얼마만큼 가다가 사라졌다. 앞쪽에 푸른 불빛 한 점이 보여서 땜통은 그쪽으로 뛰어갔고, 그것은 미끄러지는 것처럼 흘러가다가 잠시 멈추곤 했다. 땜통은 언덕 위로 올라서 오두막동네 길로 가지 않고 능선을 따라서 오르락내리락하면서 걸어갔다. 어느 결에 그는 동네를 끼고 돌아 작업장 근처에 이르렀는데, 한참 전에 작업이 끝나서 중장비도 모두 내려가고 사람도 보

이지 않았다. 불빛은 멈추지 않고 쓰레기장 한복판으로 들어
갔고 복토작업이 끝난 뒤라 축축한 흙이 덮여 있었다. 가끔씩
비죽이 솟은 쓰레기들이 보였고, 덜 다져진 곳에서는 발이 푹
푹 빠지기도 했다. 작은 아이의 검은 그림자가 다시 나타나 말
했다.

여기 뭐가 있을 거야.

땜통이 얼른 쪼그려앉아 맨손으로 흙을 파헤치자 리본처럼
묶은 비닐봉지의 끝이 나타났다. 그걸 잡아당겼더니 작은 나
무처럼 뽑혀나왔다. 이게 뭐지, 하면서 땜통이 돌아보니 아이
가 어느 틈에 저만치 멀어져가면서 말했다.

잘 있어, 또 만나자.

작은 아이는 가뭇, 하고 사라졌다. 땜통은 그 자리에서 비닐
봉지의 매듭을 풀고 손을 넣어 더듬어보았다. 신문지로 둘둘
감아놓은 물건과 부드럽고 매끈한 천 같은 것이 만져졌다. 땜
통은 신문지를 손톱으로 찢고 가만히 만져보았다. 그 안에는
네모반듯한 종이묶음이 들어 있었다. 그는 저도 모르게 어둠
속을 둘러보고는 왔던 길로 되돌아 달려갔다.

본부에서 침낭에 아랫도리를 넣고 우두커니 앉았던 딱부리
가 가물가물 졸고 있는데 누군가 앞마당에서 서성대는 기척이
느껴졌다. 딱부리가 비닐 출입문을 열고 밖으로 나가면서 외

쳤다.

땜통이냐?

아이쿠, 깜짝이야.

왜 거기 서 있어? 너 밥두 안 먹구 어딜 갔다 오는 거야?

불이 켜 있어서 형인 줄 모르구…… 안 들어갈라구 그랬다.

두 아이는 안으로 들어가 마주 앉았고, 딱부리가 물었다.

그건 뭐야, 먹을 거냐?

나두 몰라. 주웠는데 뭔가 한번 볼라구, 히.

땜통이 검은 비닐봉지를 뒤집자 안에 들었던 것들이 쏟아져 나왔다. 손톱으로 찢었던 신문지 틈으로 삐죽이 나온 것은 반 듯하게 종이테이프로 묶은 돈뭉치였다. 딱부리와 땜통이 다투어가며 신문지를 풀었더니 모두 다섯 뭉치나 들어 있었고, 그중 한 묶음은 조금 작은 모양이었다. 그들은 서로를 바라보다가 돈뭉치를 내려다보다가 하며 어쩔 줄을 몰라했다. 딱부리가 말했다.

한 묶음이 백만원일 테구, 이 작은 건 딸라 돈이다. 전에 본 적이 있어.

백, 백만?

땜통이 뒤로 물러나 앉으며 중얼거렸다. 그는 무슨 나쁜 짓이라도 저지른 것처럼 겁먹은 얼굴이었다. 딱부리가 물었다.

너 이거 작업장에서 주웠냐?

땜통이 고개를 끄덕이고 나서 말했다.

김서방네 꼬마를 만났다. 그애가 좋은 것 가르쳐준다고 했어. 따라가봤더니 이게 나왔다.

딱부리는 다시 붉은 비단주머니의 끈을 풀어보았다. 안에서 나온 것은 금목걸이와 금돼지 금거북과 보석반지 한 쌍이었다. 땜통은 다시 다가앉았고 돈보다는 그런 물건들이 끌리는 모양이었다. 그가 금돼지와 금거북을 조심스럽게 집더니 손바닥에 올려놓고 들여다보았다.

야아, 이쁘다. 엄마 갖다주자, 히이.

딱부리가 얼른 빼앗아서 비단주머니에 넣고 끈을 조여서 묶고는 상의 주머니에 쑤셔넣었다.

이런 건 잃어버리기 쉬우니까 잘 넣어두자.

싫어, 내가 엄마 갖다줄 거야.

땜통이 떼를 썼지만 딱부리가 그를 달랬다.

그래, 니가 주라구. 그렇지만 가다가 잃어버릴 수도 있으니까 넣어두었다가 집 앞에 가서 줄게.

딱부리는 곰곰이 생각했다. 패물을 주웠다고 내밀면 엄마 성격으로는 아마 틀림없이 관리사무소에 신고해야 한다고 나올 것이다. 엄마는 어린 시절 보육원에서 학교 다닐 적에 반에서 무엇이 없어지면 모두들 자기네를 의심했다고 그랬다. 그녀는 도둑으로 몰리는 것을 가장 수치스럽게 알았고, 딱부리 아버지가 절도로 몇 번 들어갔다 나온 뒤에는 결벽증이 더욱 심해졌다. 그렇지만 돈은 아무 표시도 없고, 누구에게나 있고, 돌고 도는 거니까 엄마도 안심하고 받을 수 있겠다는 생각이 들었다.

형아, 빨리 집에 가자. 빨리 가자.

그래, 알았어.

두 아이는 조심스럽게 오두막동네 길로 들어섰고, 집에 도착하자 먼저 자기들 방으로 들어갔다. 옆방의 기척을 살피려니 엄마는 벌써 잠든 것 같았다. 딱부리는 패물주머니와 돈뭉치를 비닐봉지에 넣고 꽁꽁 묶어서 옷상자로 쓰는 지함 맨 아래쪽에 숨겨두었다. 딱부리가 목소리를 낮추어 땜통에게 속삭였다.

이쁜 물건들 엄마에게 주면 화를 낼 거다. 엄마는 남의 물건 싫어하거든. 그러니까 이건 그냥 우리가 간수해두자.

땜통이 이마를 찌푸리며 되물었다.

왜 싫어해?

주인에게 돌려주라구 할 거다. 너 이런 얘기 남들에게 말하면 큰일난다.

절대루 말 안 해.

딱부리는 땜통의 입막음을 하느라고 다시 다짐을 주었다.

남들이 알면 우리는 잡혀갈지두 몰라.

울 아부지처럼?

땜통이 눈을 동그랗게 뜨며 묻자 딱부리가 고개를 크게 끄덕여 보이고는 말했다.

우리 낼이나 모레쯤에 중심가에 놀러 가보자.

큰강 건너 시내에? 아, 좋겠다.

땜통의 목소리가 차츰 커져서 딱부리가 그의 입을 손으로 막아야 할 지경이었다. 딱부리는 새벽녘에 저절로 잠이 깼다가 엄마가 오늘 읍내 나간다던 말이 떠올라 다시 담요를 머리 위로 덮어썼다. 아침에 단잠에 빠져 있는데 엄마가 문을 빼꼼히 열고 말했다.

엄마 나갔다 올 테니까 찬밥 끓여서 둘이 먹어. 오늘은 일 안 나가도 된다.

알았어……

딱부리는 담요 자락에 머리를 처박고 중얼거렸다. 엄마에게 주운 물건에 대한 애기를 해줄 틈이 없었다. 엄마는 이미 나가버렸으니까. 좀더 자려고 했지만 정신이 오히려 또렷해졌다. 저 돈과 패물을 어떻게 할까 하는 생각이 들면서 다시 어제처럼 가슴이 두근거리기 시작했다. 금붙이는 그냥 간직하고 있어봤자 돈과 달라서 애물덩어리가 될 게 뻔했다. 아버지는 그런 물건을 장물이라고 그랬는데, 대개는 가지고 있거나 내다 팔다 걸리게 된다고 말하는 걸 들은 적도 있었다. 아무래도 패물은 빼빼네 만물상 할아버지에게 드리는 게 낫겠다고 딱부리는 생각했다. 땜통의 말을 앞뒤 따져보면 김서방네가 메밀묵 대접을 받은 데 대한 선물로 준 것이 분명했기 때문이다. 빼빼네 엄마도 나눠 가질 자격이 있었지만 그녀는 넋이 나갔다 들어왔다 하니까 할아버지에게 주면 될 것이다. 만물상 할아버지는 믿을 만했다. 돈은 숨겨놓았다가 엄마에게 슬그머니 드릴 작정이었다. 그렇지만 한 뭉치만 원 없이 써보고 싶었다. 그는 잠들어 있는 땜통을 돌아보고 나서 옷상자 안에 두었던 비닐봉지를 꺼냈다. 엄마 방으로 가서 안쪽 모서리의 장판을 들추고 골판지도 찌그러서 들춰놓고 스티로폼과 비닐을 차례로 걷어내니 축축한 맨땅이 나왔다. 출입구 옆의 칸막이에서 작업도구를 집어다 땅을 팠다. 작은 구멍이 생기자 딱부리는 주머니와 돈 한 뭉치만 남겨놓고 비닐봉지를 꽁꽁 묶어서 구멍에 집어넣었다. 다시 흙을 덮고 나니 바닥이 좀 불룩해져서 남은 흙을 문밖에 버리고 평평하게 다진 다음 들춰놓았던 것들을 차례로 덮고 장판을 판판하게 원래대로 해놓았다. 그는 점퍼 호주머니에다 패물과 돈 한 뭉치를 나누어 넣고는 툭툭 두드려보았다. 이제야 마음이 놓이고 저절로 웃음이 나왔다. 땜통이 부스스한 얼굴로 잠이 깨어 옆방에서 건너왔고, 딱부리는 신이 나서 곤로 불을 켜고 찬밥에 고추장과 김치를 넣고 볶아서 아침을 준비했다. 프라이팬째로 숟가락 두 개 꽂아 달랑 상 위에 올려놓고 두 아이는 아침을 먹었다. 딱부리가 말했다.

오늘 우리 시내로 놀러 나가자.

정말? 야, 신난다!

근데 말야, 물건은 엄마가 싫대. 빼빼네 할아버지 주면 어떨까?

할아버지? 아줌마는 안 주고?

땜통이 눈을 크게 뜨며 되물었다.

아줌마는 정신이 들었다 나갔다 하니까 금방 잃어버릴 거 아냐. 할아버지한테 맡겨두는 거야. 너는 암 말두 하지 마, 알았지?

그래그래, 맡겨두자, 히이.

두 아이는 출장사무소와 매점 앞길을 지나 들판으로 나갔다. 땜통은 좋아서 깡충거리며 모둠발로 통통 뛰면서 갔고, 딱부리는 사람들이 자기만 쳐다보는 것 같아서 고개를 숙이고 걸었다. 빼빼네 집 앞에 이르자 개가 짖고 빼빼엄마가 내다보았다. 딱부리가 물었다.

아줌마, 할아버지 어디 가셨어요?

방금 계셨는데, 저 뒤 일터에 가보렴.

땜통이 빼빼와 다른 개들을 얼싸안고 놀고 있는 동안에 딱부리는 비닐하우스 뒤편의 전자제품 잡동사니가 쌓인 곳으로 가보았다. 할아버지가 아주머니 두 사람과 함께 마스크에 모자까지 눌러쓰고 전자제품을 부수어 쓸모 있는 것들을 골라내고 있었다.

할아버지……

만물상 할아버지가 일손을 멈추고 일어났다.

니가 여긴 웬일이냐?

그는 군용 고글까지 쓰고 있다가 모자와 함께 벗고는 마스크를 턱 아래로 내리고 딱부리에게 다가왔다.

집에서 날 찾더냐?

제가 뭐 드릴 게 있어서 왔어요.

할아버지는 실실 웃으면서 딱부리를 쫓아왔다.

뭘 준다구? 별일두 많구나.

일터에서 한참 멀어진 뒤에 딱부리는 점퍼 주머니에서 비단 주머니를 꺼냈다.

이거 가지세요.

할아버지가 주머니를 열어 물건들을 살피더니 정색을 하고 물었다.

어디서 났니?

쓰레기장에서 주웠어요.

딱부리의 말에 할아버지는 긴장했던 얼굴이 풀어지면서 다시 웃는 얼굴로 되돌아갔다.

그렇다면 임자 없는 물건인데, 느이 엄마 주지 그랬냐?

엄마는 싫대요. 돈두 조금 있었거든요.

할아버지가 작업복 주머니에 물건을 넣고는 딱부리에게 말했다.

허허, 도깨비하구 사귄다더니…… 이런 일두 생기는구나. 점심이나 먹구 가거라.

만물상 할아버지는 딱부리가 집 쪽으로 달려가는 것을 우두커니 보고 서 있었다. 삐삐엄마가 삐삐를 안고 내다보며 밥 먹고 가라고 외쳤지만 딱부리는 손만 흔들어 보이고는 땜통을 이끌고 뛰어갔다. 그야말로 너무나 홀가분해서 날아갈 것만 같았다.

딱부리는 땜통을 데리고 읍내로 나갔다. 엄마도 경찰서에 간다고 읍내에 와 있으니까 조심해야 될 것 같았다. 땜통은 찢어진 모자에 땟국이 반질반질한 회색 누비 점퍼를 걸치고 아무렇게나 잘라낸 헐렁한 청바지를 입고 있었다. 가을부터 줄곧 입고 있던 옷이었으니 더러운 것은 그렇다 치더라도 냄새가 고약할 것이다. 딱부리도 안에 인조 털이 달린 두터운 갈색 점퍼에 청바지를 입었는데 모두 쓰레기장에서 주운 것들이었다. 지난가을에 주워다 빨아입기는 했지만 벌써 한 달 반이나 작업하고 뒹굴던 옷이었다. 두 아이가 샛강 다리를 건너 시외버스에 오르자 몇몇 승객들은 코를 쥐고 얼굴을 찌푸리며 자리를 옮겼고 운전수가 백미러를 보면서 '맨 뒷자리로 가라'고 목소리를 높였다. 딱부리는 어른들이 시내로 외출 나갈 때에 어떻게 하는지를 보았기 때문에 먼저 옷부터 사입을 생각이었다. 딱부리는 사람들에게 길을 물어 시장의 옷가게가 모여 있는 곳으로 들어갔다. 뚱뚱한 아줌마가 졸고 앉았다가 들어서는 아이들을 보고 코를 싸쥐며 넉살좋게 말했다.

하이고, 이게 무슨 냄새냐, 이놈들아!

딱부리는 제 것으로 체크무늬 셔츠와 검정 오리털 파카를 골

172

랐고, 땜통에게도 비슷한 셔츠와 푸른색 파카를 골라주었다.

애들아, 느이들 꽃섬 살지야? 아예 속옷부터 모조리 갈아입어야겠다.

가난한 엄마와 같이 왔더라면 값을 물어보고 꽁무니를 뺐을 테지만 딱부리는 자신있게 돈을 내고 상의와 바지를 모두 갈아입고, 새 속옷과 양말은 쇼핑백에 담아가지고 나왔다. 딱부리가 땜통에게 하늘색 운동모자를 사주었건만 녀석은 헌 모자를 끝내 버리지 않고 뒷주머니에 구겨넣었다. 물론 그들이 입고 있던 옷은 모두 버리고 나왔다. 아줌마가 코를 쥐고 넝마 같은 옷가지를 쓰레기통에 담고 있었다. 그것들은 돌고돌아서 다시 꽃섬으로 오게 될 것이다.

아이들은 바로 몇 발짝 건너 신발가게로 가서 새 운동화로 갈아신었다. 땜통은 몇 번이나 발을 굴러보고 점퍼의 소매를 코에 갖다대고 냄새도 맡아보았다. 딱부리는 그제야 자기가 잘 알던 여염집 보통 아이로 돌아온 것 같아서 으쓱한 기분이었다. 아이들은 다시 길을 물어 목욕탕으로 갔다. 이제 입구의 할머니는 코를 싸쥐고 고개를 돌리지는 않았다. 욕탕 안에는 대낮이라 아무도 없었다. 샤워 꼭지에서 더운 물이 소나기처럼 쏟아지는 게 신기해서 땜통은 손만 갖다대고 히히대며 웃음을 터뜨렸다. 딱부리가 물줄기 아래로 밀어넣자 땜통이 뜨겁다고 호들갑을 떨었다. 새벽부터 채워졌던 욕탕의 물은 적당히 따뜻했고, 어른들 같으면 새로 더운 물을 틀어 흘러넘치게 했겠지만 딱부리는 너무도 기분이 좋아서 수면이 목에 닿도록 푹 잠겨 있었다. 사타구니가 녹작지근해지고 오줌이 마렵더니 그대로 싸고 말았다. 주변에 노란색이 퍼져나갔다. 알게 뭐야, 우리만 있는데. 딱부리가 바가지에 물을 퍼서 장난치고 있는 땜통에게 말했다.

너 안 들어올 거냐?

싫어, 뜨겁다 뭐.

별로 안 뜨거워. 얼마나 기분이 좋은데……

땜통은 욕탕 바깥 턱을 딛고 올라서서 발끝만 살짝 대어보았다.

거봐, 안 뜨겁지?

녀석이 조심조심 들어서더니 가슴은 내놓은 채 욕조 안쪽 턱에 걸터앉았다. 둘은 한참이나 앉았다가 나와서 비누칠도 하고 때를 밀었다. 딱부리가 먼저 땜통을 씻겨주었다. 딱부리는 아버지가 등을 밀어주다가 아프다고 몸을 빼면 엄살 부리지 말라고 궁둥이를 찰싹찰싹 때리던 일이 생각났다. 머리를 감기면서 보니 땜통 뒤통수의 화상 흉터가 보였다. 피부가 쭈글쭈글 짓무르고 머리털이 빠져서 허옇게 드러난 곳이 손바닥만큼 컸다. 머리 위쪽의 머리카락은 찰떡같이 붙어 있어서 비누칠을 하고 몇 번이나 헹구어내니까 시커먼 땟국물이 줄줄 흘러내렸다. 딱부리와 땜통이 목욕을 마치고 밖으로 나와 거울을 보니까 정말 다른 아이들로 변해 있었다. 딱부리도 하얀 얼굴 본바탕이 돌아왔다. 머리카락은 부스스하고 뺨은 반질반질 윤기가 돌면서 발갛게 상기되어 있었다. 속옷에 양말까지 갈아신고 새로 산 옷들을 걸치자 두 아이는 방금 아파트 동네에서 학원 마치고 돌아오는 똘똘한 아이들처럼 보였다. 목욕탕을 나서면서 땜통이 딱부리에게 말했다.

형아인지 모르겠다, 히이.

너두 그래. 누가 널 땜통이라구 부르겠냐?

나두 이름 있다 뭐. 영길이야.

땜통의 말에 딱부리는 걸어가다가 멈춰 서서 한참이나 낄낄대며 웃었다.

영길이…… 그런 이름이었어? 우하하, 웃기네!

형아, 학교서 부르던 이름은 뭔데?

딱부리가 얼결에 말해버렸다.

정호, 최정호……

히히히, 최정호, 아이고 죽겠다!

그들은 걸어가면서 서로의 이름을 부르고는 웃고, 다시 불러보고는 했다. 딱부리와 땜통이 시외버스를 타고 강을 건너 군의 경계를 넘어가자마자 곧 도시 외곽이었다. 땜통은 창문에 머리를 맞대고 차창 밖으로 흘러가는 낯선 도시의 풍경을 정신없이 내다보았다. 딱부리는 도시 변두리의 모습을 잘 알고 있어서, 조금 더 가면 지하철을 타야겠다고 생각하고 있었다. 거리에 오가는 사람들 모두가 꽃섬 동네와 다른 옷에 다른 얼굴을 하고 있는 게 낯설었던지 땜통이 고개를 돌려 딱부리에게 말했다.

저거 봐, 여기는 모두 관리사무소 아저씨들이다.

딱부리는 이 세상에서 우리만 달랐던 거라고 땜통에게 말하려다가 그만두었다. 두 아이는 시외버스 종점이었던 도시 외곽에서 내려 지하철을 타러 갔다. 땜통은 에스컬레이터를 타면서 잔뜩 겁을 먹은 표정이었다.

형아, 어디 가는 거야? 계단이 움직인다.

땅속으루 내려가는 거야.

싫어, 올라가자!

지하철을 탈 거야. 땅밑에서 다니는 기차라구.

지하철에 오르자 땜통은 딱부리의 손을 꼭 잡고 잔뜩 긴장해 있었다. 딱부리는 노선도를 보고 어디쯤에서 내려야 하는가를 짐작해두고 있었는데, 역시 전에 살던 동쪽 변두리 동네와 시장 부근 사거리를 먼저 가보고 싶었다. 서쪽 끝에서 동쪽 끝까지 가는 셈이라 한 시간쯤 걸렸다. 돌아보니 땜통은 딱부리의 왼편 어깨에 머리를 얹고 잠들어 있었다. 땜통을 흔들어 깨워 낯익은 역에서 내린 딱부리는 어서 지상으로 올라가고 싶어서 걸음을 빨리했다.

형아, 배고프다.

땜통이 칭얼거리자 딱부리도 목욕하고 나오자마자 뭔가 먹었어야 했다고 생각했다. 지상으로 나오자 딱부리가 오르내리던 육교며 네거리 주변의 낯익은 상가건물과 언제나 오토바이와 작은 트럭으로 길이 막혀 있는 시장 입구가 보였다. 두 아이는 시장으로 들어가는 모퉁이 이층에 있는 중국집으로 올라갔다. 딱부리가 계단을 오르며 땜통에게 물었다.

너 짜장면 먹어봤니?

몰라, 그게 뭔데?

땜통이 형에게 되물었다. 딱부리는 말없이 익숙한 동작으로 중국집 문을 밀고 들어갔다. 점심시간이 좀 지나기는 했지만 자리가 거의 차 있었다. 그들은 출입구 바로 옆자리에 앉았고, 딱부리가 자장면 곱빼기 둘을 시켰다. 음식이 나오자 땜통이 입을 크게 찢으면서 말했다.

나 이거 옛날에 먹어봤어. 맨날 까만 국수 생각했다, 히.

그전에 어디 살았는데?

몰라, 생각 안 난다. 잠깐 학교에 다니다 엄마 없어지구 나서 아부지랑 꽃섬에 이사갔으니까.

딱부리도 자장면을 너무도 오랜만에 먹는지라 몇 번 씹지도 않았는데 저절로 후루룩 넘어가버렸다. 땜통은 자장면을 다 먹어치우더니 딱부리에게 말했다.

형아, 우리 동네 가지 말구 여기서 살자.

또 오면 되잖아. 이담엔 엄마두 데리구 오자.

딱부리는 동생을 데리고 시장의 혼잡 속으로 들어갔다. 엄마가 노점상 하던 곳에도 가보았다. 처음에는 아주머니들이 딱부리를 알아보지 못하더니 쪼그려앉아 인사를 하자 한 여자가 알아보고 소리를 질렀다.

아이구, 이게 누구여? 너 얌전댁 아들 아니냐?

명랑하고 웃음이 많은 야채장수 아줌마가 그를 반겼다.

느이 엄마 시집은 갔냐? 그동안 훤해졌구나, 깔깔.

이사간 데는 살 만하구?

딱부리는 산동네에서 누구나 그러듯이 풍을 좀 쳤다.

네, 엄마가 가게 하나 얻어서 장사해요.

그런데 애는 누구냐?

동생이에요.

그럼 새아부지 만난 모양이로구나, 깔깔.

딱부리는 이렇게 떠들썩하게 휘젓고 나니까 봉제공장 누나들이며 산동네의 형들을 둘러볼 생각이 사라졌다. 꽃섬에선 언제나 이곳을 그리워했지만 막상 와보니까 그냥 시들해진 느낌이었다. 딱부리는 저도 모르게 파카 주머니에 손을 넣고 아직도 두툼하게 집히는 돈을 만져보았다. 그는 땜통을 이끌고 시장을 빠져나왔다.

형아, 이제 어디로 가?

딱부리는 꼭 한 군데 기억나는 곳이 있었다. 언젠가 아버지가 작은 폐품 수집 근로대의 구역 책임을 맡고 있을 때, 엄마와 함께 외식을 했던 생각이 났다. 중심가에서 불고기를 먹었고 그날이 엄마의 생일이었다는 기억이 남아 있었다. 그날 아버지는 엄마에게 신발을 사주려고 번화가에 있는 백화점에 들어가 이곳저곳을 오르내리다가 장난감 코너에 이르렀다. 층계 정면에 아이들이 잔뜩 모여 있었는데 딱부리가 달려가보니 기차가 철로 위를 달리고 있었다. 작은 정거장과 나무숲과 마을이며 손가락만한 사람들이 있었고, 지붕이 뾰족한 집들이 있었다. 옆에서는 곰이 느릿느릿 움직이고 토끼는 깡충깡충 뛰고 원숭이가 북을 두드렸다. 아버지는 기차를 사달라고 떼를 쓰는 어린 딱부리를 덥석 안고 층계를 내려왔다. 딱부리는 그

뒤에도 오랫동안 백화점이 있던 번화가를 기억하고 있었다.

두 아이는 시내버스를 타고 삼십 분쯤 걸려서 남쪽의 중심가에 도착했다. 번쩍이는 사무실 빌딩과 호텔이며 크고 작은 상가와 술집과 식당 들이 많은 네거리 모퉁이에서, 입을 벌리고 위를 쳐다보는 땜통의 손을 붙잡고 딱부리는 그 백화점이 어디에 있었던가 살피고 있었다. 성탄절이 며칠밖에 남지 않아서 거리의 가로수마다 점멸등이 빛났고 곳곳에 크리스마스 장식들이 반짝거리고 있었다.

딱부리는 드디어 순록이 끄는 썰매를 탄 붉은 옷차림의 거대한 산타클로스 할아버지가 붙어 있는 건물을 발견했다. 벽면에 온통 붉은색 리본으로 묶은 선물 꾸러미들과 하얀 눈과 별처럼 확대한 색색의 반짝이가 붙은 눈송이가 장식되어 있고, 출입문 앞의 크리스마스트리에는 금색 은색 붉은색 푸른색 방울이 주렁주렁 매달렸고, 솜 같은 눈송이가 얹혔으며, 꼭대기에 커다란 별이 빛나고 있었다. 사방에서 크리스마스 캐럴이 경쾌하고 명랑하게 흘러나왔다. 땜통은 거의 넋이 나간 것처럼 보였다.

저 할아버지는 누구야?

땜통의 물음에 딱부리는 어릴 적에 어른들이 말해주던 그대로 얘기해주었다.

싼타 할아버지 모르니? 착한 애들 집을 찾아다니며 몰래 선물을 준다더라.

땜통이 시무룩해져서 말했다.

교회 학교에서 그림책 본 적 있어. 근데 우리 동네는 못 올 거야.

그거 다 장사꾼들 물건 팔아먹을라구 하는 거짓말이야.

딱부리가 꼬마를 면할 무렵부터 생각해오던 대로 말했고, 땜통이 웃으며 말했다.

우리는 김서방네가 있잖아, 히.

딱부리는 그들이 이런 거리에는 절대로 오지 않을 거라고 생각했더니 은근히 기분이 좋아졌다. 여자와 아이 들로 입구가 붐벼서 보니 바로 앞에 초콜릿 코너가 있었다. 상자에 든 것부터 온갖 색깔로 장식한 꾸러미와 빨갛고 파랗고 은색으로 반짝이는 포장지에 싼 각종의 초콜릿이 무더기로 쌓여 있었다. 정사각형의 초콜릿 조각이며 울긋불긋한 새알 모양의 초콜릿, 속에 아몬드가 박힌 초콜릿 등을 접시에 수북이 담아놓고 유니폼을 입은 아가씨가 몰려드는 아이들에게 꼭 한 개씩만 나눠주고 있었다. 딱부리는 접시 앞으로 돌격해서 덥석 한 줌 쥐고는 얼른 물러났고, 아가씨가 난처한 얼굴로 뭐라고 말하려다가 그만두는 눈치였다. 딱부리가 나누어준 초콜릿을 연거푸 두 개나 깨물어먹고는 땜통이 말했다.

형아, 이건 누가 만든 거야? 혀가 녹는다, 히이.

딱부리는 땜통의 손을 잡아 이끌며 백화점 안으로 들어갔다. 번쩍이는 유리와 진열대에 놓인 여러 종류의 물건들 때문에 어지러울 지경이었다. 시계며 목걸이며 각종 장신구들이 반짝이고 크고 작은 갖가지 모양의 화장품이 진열된 곳을 지나 에스컬레이터가 위를 향하여 끊임없이 움직이고 있는 곳까지, 두 아이는 인파를 헤치고 나아갔다. 한 층씩 오르면 매장 안을 한 바퀴 돌아서 다시 올라가는 곳을 찾아가야 했다. 한번 헤매고 나자 딱부리는 자신있게 매장 안을 빙 돌아서 위로 올라갔다.

딱부리는 드디어 자기가 찾던 곳을 발견했다. 각종 동물과 사람의 인형에서부터 자동차 비행기 탱크 헬리콥터에다, 어릴 적에 보았던 철로를 달리는 기차와, 권총 기관총 광선총 로봇에다, 소방차 경찰차 경주용 자동차와 각종 자동차가 수십 대 들어 있는 상자와, 온갖 종류의 게임기가 넓은 매장에 널려 있었다. 딱부리도 얼이 빠질 지경이었으니, 땜통은 더했다. 그는 한동안 움직이지도 못하고 사방에 널린 신기한 물건들을 바라보고만 있었다. 땜통은 뒤늦게 정신이 들었는지 걸음마다 보이는 장난감들을 만져보고 들어보고 안아보고 앞으로 굴려보기도 하면서 연신 웃어댔다. 셔츠에 넥타이를 맨 매장의 아저씨가 다가와 땜통에게 말했다.

뭐 마음에 드는 게 있니? 함부로 손대면 안 돼요.

딱부리는 아저씨를 올려다보며 당당하게 말했다.

내 동생 선물 사줄 거예요.

아, 그래? 가만있자, 어린이들이 젤 좋아하는 게 있거든.

점원 아저씨는 선반 위에서 상자 하나를 내리더니 그 속에서 작은 책만한 물건을 꺼내 보였다. 그리고 단추를 누르자 불이 켜지면서 화면 안의 그림이 움직이기 시작했다.

너는 알겠구나. 슈퍼 마리오!

땜통은 빨간 모자를 쓴 작은 마리오가 통통 튀기도 하고 날아가기도 하면서 절벽을 오르고 강을 건너 괴물들을 물리치는 게임기 속 화면에 눈을 박고 있었다. 아저씨가 두 개의 단추를 손가락으로 눌렀다 떼었다 하면서 시범을 보였는데, 음악소리와 뿅, 삐리릭, 하는 여러 효과음 때문에 더욱 실감이 났다. 아저씨가 게임기를 땜통에게 내주자 녀석은 무릎에 게임기를 올려놓고 앉아서 단추를 누르기 시작했다. 땜통의 독특한 웃음소리 때문에 매장 안의 손님들이 따라 웃으며 돌아보곤 했다. 점원 아저씨가 말했다.

배터리가 있으니까 아무 데서나 갖고 놀 수 있지. 동생에게 이거 사줄 거냐? 좀 비싸긴 하지만 말야.

딱부리는 내색을 하진 않았지만 땜통만큼 슈퍼 마리오에 홀딱 반해 있었다. 녀석과 번갈아서 갖고 놀면 하루가 금방 가버릴 것만 같았다.

이거 새걸루 주세요.

물론이지, 느이들 수지맞았다. 슈퍼 마리오는 여기서만 팔거든.

딱부리가 계산대로 가서 돈을 꺼내어 세기 시작하자 점원이 눈을 휘둥그레 뜨고 말했다.

히야, 너 부자구나. 엄마가 줬냐?

딱부리는 쳐다보지도 않고 말했다.

저금한 거 찾았어요.

점원이 영수증을 내밀었다.

옛다, 영수증. 이게 있어야 문제가 있으면 서비스도 받고 물품도 바꿀 수 있는 거야. 또 필요한 거 없냐? 우주전쟁이라구 네가 흥미를 가질 만한데……

딱부리는 그가 포장해서 넣어준 쇼핑백을 들고 땜통을 찾았더니 아직도 게임에 몰두해 있었다.

여기 새거 샀다.

땜통이 게임기를 놓고 달려와 딱부리가 들고 있던 쇼핑백을 빼앗았다.

내가 갖구 갈 거야.

두 아이는 매장을 돌아 에스컬레이터를 타고 한 층씩 내려올 때마다 진열된 물건들이 엄청나고 종류도 많아서 어떤 것들이 지나갔는지 기억도 나지 않을 정도였다. 딱부리는 털실 모자와 장갑이며 목도리가 있는 곳에서 걸음을 멈췄다. 엄마에게 장갑과 목도리를 사다드려야겠다고 생각했던 것이다. 딱부리는 그때에 건너편 매장의 통로로 지나가는 한 소녀를 보았다. 육교에서 마주치던 이전 모습 그대로였다. 단발머리가 어깨에 찰랑거렸고 밤색 외투에 검은 양말을 신었다. 딱부리는 저도 모르게 그쪽으로 걸어갔다. 모퉁이를 돌고 보니 그녀가 어디로 사라졌는지 보이질 않았다. 딱부리는 매장의 여러 통로를 오르내리며 살피다가 위층으로 올라가는 에스컬레이터의 층계에 그녀가 서 있는 걸 보았다. 달려가서 층계에 올라섰지만 소녀는 딱부리에게 등을 보인 채로 거의 끝에 도달해 있었다. 그는 주저하지 않고 움직이는 층계를 두어 칸씩 밟으며 뛰어올라갔다. 딱부리는 위층에 올라서자 소녀가 문구점 앞에서 뭔가 찾고 있는 모습을 발견했고 숨을 헐떡이며 가까이 다가섰다. 그러나 바로 그녀의 등 뒤에서 딱부리는 멈칫 서버렸다. 자신이 뭘 하려던 것인지 잊었거나 아무 생각도 나지 않았다. 저…… 저는요, 그전부터 잘 알고 있었는데요, 이렇게 우연히 만나게 되니 너무 반가워서요. 그런 바보 같은 말을 할 수도 없을 테고 동네 형들 말투로, 시간 좀 빌릴 수 있을까요? 어쩌고 할 수도 없을 것이다. 그럼 뭘 믿고 이렇게 헐레벌떡 쫓아왔나. 그녀 앞에서 뭐라고 설명을 해주던 여점원이 먼저 딱부리 쪽을 빤히 쳐다보았다. 소녀가 어깨를 약간 움직이며 딱부리를 잠깐 보고는 다시 점원에게로 얼굴을 돌렸다. 그것은 거리 어디에서나 스쳐가던 수많은 여학생의 얼굴들 중 하나였고, 처음에 멀리서 보았을 때와 같은 광채는 이미 사라져 있었다. 딱부리는 실망감과 동시에 안도의 한숨을 내쉬고는 말짱하게 그녀들 곁을 지나 매장을 한 바퀴 빙 돌아서 아래층으로 내려갔다. 아아, 그애가 아니라서 너무 다행이다. 그 소녀였다면 지금쯤 자기가 얼마나 불행할지 너무도 생생하게 실감이 느껴졌다.

딱부리는 뒤늦게 자기 옆에 땜통이 없다는 사실을 알아차렸다. 딱부리는 당황해서 허둥지둥 층 전체를 뛰어다니며 땜통의 하늘색 모자를 찾으려고 돌아다녔지만 거기에는 없는 게 확실했다. 자신이 한눈을 팔던 사이에 땜통은 무심코 혼자 내려갔다가 지금쯤 반대로 자기를 찾아다닐지도 모른다고 생각하니 애가 탔다. 에스컬레이터를 타고서도 두리번거리며 위아래를 살피고 아래층에 내려와서 다시 매장 전체를 돌아다녀보았지만 땜통은 없었다. 딱부리는 제일 혼잡한 맨 아래층에 내려왔다가 한 바퀴 돌아보고는 다시 위로 올라갔다. 아무래도 장갑을 팔던 층에 녀석이 있었는데 자기가 자세히 살펴보지 못한 것 같은 생각이 들었다. 천천히 사방 벽의 주위를 돌아보고 중앙의 진열대 사이로 복잡하게 뚫린 통로를 누비면서 샅샅이 살피고 다녔다. 망할 자식, 어디루 없어진 거야. 딱부리는 이젠 울상이 되어 에스컬레이터를 타고 아까 돌아보았던 층들을 되짚으며 돌아다녔다. 일층에 되돌아왔을 때 딱부리는 걱정과 분노로 기진맥진해졌다. 그가 기둥 앞에서 쪼그려앉았다가 일어나는데 어디선가 귀에 익은 울음소리가 들려왔다. 딱부리는 벌떡 일어나 소리나는 방향으로 달려갔다. 하늘색 모자가 보였고, 사람들 몇 명이 둘러싸고 있었다. 땜통은 울고 있었으며 옆에는 양복에 넥타이를 맨 키 큰 젊은이가 녀석의 쇼핑백을 들고 있었다. 딱부리가 땜통의 손을 잡아주면서 말했다.

여기 있었구나. 너 왜 울어?

아저씨가 내 꺼 뺏었다. 훔쳤냐구 그랬다.

딱부리가 험악한 눈으로 직원을 올려다보자 그는 대뜸 말했다.

영수증 있냐?

딱부리는 일부러 파카 주머니에서 돈과 함께 구겨진 영수증을 꺼내어 그에게 쑥 내밀었다.

봐요, 내가 사준 거예요.

어, 그렇구나!

싸구려 파카를 입은 꼬마 혼자서 쇼핑백을 들고 허둥지둥 뛰어나가는 게 직원 눈에 띄었을 법했다. 딱부리는 땜통의 손을 잡고 입구 쪽으로 향하면서 주위 사람 모두가 들을 수 있는 목소리로 젊은 직원에게 외쳤다.

개새끼!

밖으로 나오자 딱부리는 어지럽고 목이 말랐다.

얀마, 어디루 돌아다닌 거야?

형아가 암 말두 않구 없어졌잖아. 먼저 간 줄 알구 막 뛰어서 쫓아갔다.

딱부리는 땜통을 데리고 길을 건너가서 햄버거 가게로 들어갔다. 두 아이는 햄버거와 감자튀김과 콜라를 앞에 놓고 거리를 향해 놓인 높다란 의자에 앉아서 커다란 유리창 밖으로 지나는 자동차의 행렬과 사람들을 내다보았다. 땜통은 언제 울었나 싶게 행복한 얼굴이 되어 햄버거와 감자튀김을 먹었다.

야, 되게 맛있다. 맨날 먹었으면 좋겠다, 히이.

너 이거 첨 먹어보니?

땜통이 고개를 여러 번 끄덕였다. 딱부리는 그야말로 땜통의 아빠라도 된 것 같은 느낌이었고 반대로 아버지가 자기를 이곳에 데려왔다는 상상을 잠깐 해보았다. 공연히 눈시울이 뜨거워져서 그는 일부러 고개를 돌리고는 가게 안을 둘러보는 척했다. 그때 또다시 소녀들이 보였다. 교복을 입은 여학생 셋이 재잘대며 모여앉아 있었다. 그런데 어찌된 일인지 딱부리는 아까와는 달리 어른이 된 것처럼 무심히 소녀들을 바라볼 뿐이었다. 영화를 보면서 화면 속으로는 들어갈 수 없다는 느낌과 같았다. 어느 틈에 짧은 겨울 해는 지고 거리에 땅거미가 깔리고 있었다. 가로수를 장식한 점멸등은 낮보다 훨씬 밝게 빛나고 상가의 진열장들은 어둠 속에 그림처럼 떠 있었다.

6

설이 지나자 겨우내 오던 눈도 그치고 날씨도 훨씬 좋아졌다. 바람이 더이상 매섭지 않다고 어른들은 얘기했다. 눈이 오면 쓰레기가 눈 속에 파묻혀버려서 선별하여 수집하기가 어려워졌고 복토작업도 할 수가 없었다. 흙을 뿌리면 눈과 엉겨서 곤죽이 되어버리거나 쓰레기가 그냥 노출된 채로 얼어붙었다. 그런데도 쓰레기는 날마다 그 위에 쏟아졌다. 날이 풀려 아래쪽에 깔린 눈과 얼음이 녹으면 공동이 생길 테고 사방에서 붕괴사고가 날 것이다. 작업의 틈새 시간에 포클레인을 투입해서 쓰레깃더미를 다져야 한다고들 말했다. 설 대목도 지나자 꽃섬의 수집꾼들은 모두 봄을 기다렸다.

엄마는 설 전에 일터를 구청 구역에서 개인차 구역으로 옮길 수 있었다. 중앙재생이라는 회사인데, 청소차 한 대당 권리금을 낸 사람들이 조장 노릇을 하면서 수집꾼들과 수매금을 나누어 가졌다. 개인차 사장들은 자기 청소차를 열 대 스무 대씩 가지고 조장들과 조원들의 폐품을 걷어다가 직접 재생공장을 운영하거나 큰 공장에 넘겼다. 이들을 꽃섬 재벌이라고들 불렀고, 개인차가 담당한 곳은 도시의 알짜 구역들이었다. 물론 구역의 소유권이 엄정했으므로 타인은 아무나 그쪽 하치장에 접근할 수가 없었다. 엄마는 영리하고 억척스런 여자라 자기가 맡은 쓰레기차의 폐품을 알뜰하게 관리해냈다. 그녀는 십여 명의 수집꾼을 고용하고 있었다. 아수라 반장이 구치소로 넘어갈 때 통장의 돈을 절반 넘게 엄마에게 준 것으로 소문이 났는데, 사람들은 그게 당연하고 이치에 맞는 처사라고 생각했다.

딱부리와 땜통이 시내로 외출을 나갔다가 돌아온 날 밤에 아이들에게서 쓰레기장에서 주운 돈 얘기를 들은 엄마는 대번에 비닐장판을 젖히고 확인을 했다. 다시 그 자리에 돈을 간수해두고 나서 엄마는 날이 풀리면 샛강말로 방을 얻어서 이사를 나가자고 침착하게 말했다. 엄마가 땜통을 복둥이라고 부르기 시작한 것은 그때부터였다. 어쩌다가 영길이라는 이름을 부를 때도 있었지만 늘 우리 복둥이 어디 갔냐고 물었다. 딱부리가 땜통을 데리고 나가 돈을 좀 쓴 일에 대해서는 야단치지 않았지만 남은 돈은 맡겨두고 조금씩 써야 한다고 엄마는 말했다. 동네 사람들이 이상하게 생각하지 않겠냐는 거였다. 쓰레기통에 버린 사람의 돈은 가난한 사람이면 누구나 임자가 될 수 있다고도 말했다. 딱부리와 땜통은 서로 굳게 맹세한 대로 김서방네 식구들에 대해서나 삐삐네 집에 관해서는 엄마에게도 말하지 않았다.

이제는 작업도 수월해져서 엄마와 두 아이는 조원들이 작업장에서 수집하고 운반해온 폐품들을 분류하고 모으는 일만 했다. 새벽에는 엄마 혼자 나갔고 두 아이는 오후부터 저녁때까지만 일했다. 개인차 구역으로 옮긴 뒤에 딱부리는 두더지와 작업장 부근에서 자주 만나게 되었다. 두더지는 개인차 구역의 조장 아버지를 따라 조원인 형의 뒷일을 도와주고 있었다. 딱부리가 플라스틱이 가득 담긴 부대자루를 옮기고 있는데 두더지가 지나다가 슬쩍 그의 곁에 앉았다.

야 딱부리, 오늘 읍내 나가자.

뭐 좋은 일 있냐?

근사한 영화 들어왔어.

두더지의 말에 딱부리는 심드렁하게 대꾸했다.

텔레비 못 본 지두 오래됐다. 영화라구 별거야?

스타워즈라구, 죽여주는 영화래. 중학교 다니는 애들이 그러던데.

그럼 좀 기다려.

딱부리는 다시 고철류와 지함을 쌓아서 천막으로 덮어놓고는 일어섰다. 집으로 달려가서 상의만 갈아입고 두더지와 만났다. 그들은 샛강 다리를 건너 읍내로 나가는 버스를 탔다. 술 한잔 했는지 웬 중년사내가 소리를 질렀다.

어이, 꽃섬 놈들은 대절버스 타구 다녀. 냄새 풍기지 말구.

두더지가 기죽지 않고 대차게 말했다.

씨발, 좆까구 있네.

청소년이 껄렁하게 나오자 사내는 우물쭈물 혼자서 중얼거리다 잠잠해졌다. 아이들은 읍내에서 내려 상가까지 걸어갔다. 두더지가 말했다.

표는 내가 살 테니 너는 저녁 값 내라.

뭐 먹을까? 시장에 가면 순댓국집 있는데.

딱부리의 말에 두더지는 대번 찬성했다.

먼지 먹고 일한 뒤엔 돼지비계가 제일이라던데.

누가 그래?

우리 형이 그러던데. 가끔씩 덩어리째 삶아서 소주 안주 하더라.

둘은 먼저 순댓국집으로 들어가 구석자리에 앉았다. 식사 손님은 없고 시장 사람인 듯한 중늙은이 셋이서 머릿고기를 놓고 소주를 마시고 있었다. 아줌마가 다가오자 딱부리는 순 댓국 둘을 시켰고 두더지가 옆에서 덧붙였다.

소주 한 병 주세요.

어라, 뭐라구? 느이들 미성년자라 안 돼.

거나하게 술이 취한 아저씨가 힐끗 돌아보더니 참견을 했 다.

우린 모른 척할 테니까 한번 줘보지 그러슈. 느이들 몇살이 냐?

두더지가 자라처럼 목을 움츠리고 말했다.

열여덟이요.

다른 사람이 말했다.

그 나이면 군에서 자원입대두 받아준다구. 우린 중학생 때 모여서 막걸리 먹구 뽕 가구 그랬지.

딱부리와 두더지는 말없이 순댓국만 먹었다. 한 그릇씩 뚝 딱 해치운 두 녀석이 길에 나서자 딱부리가 투덜거렸다.

짜식, 열여덟 좋아하네. 쪽팔리게…… 정말 소주 마실 거 야?

돼지고기하구 소주 얘길 하다보니, 한번 마셔보구 싶어서.

구멍가게가 보이자 딱부리는 뛰어들어가 소주 한 병을 사서 두더지에게 내밀었다.

영화 보면서 한잔해라.

영화관에 들어가보니 아이들과 어른들 몇이 있었고 앞자리는 거의 텅텅 비어 있었다. 딱부리와 두더지는 앞자리의 의자 등받이에 두 다리를 걸치고 팔자 늘어지게 앉았다. 주인공이 우주를 날아다니고 광선검으로 제국의 로봇들을 무찌르는 사이에 두더지와 딱부리는 검은 비닐봉지에 싼 소주병을 들고 서로 주거니 받거니 하면서 한 모금씩 마셨다. 뱃속이 뜨듯해지고 볼이 화끈 달아오르기 시작했다. 딱부리는 예전에 시장 골목에서 아줌마들이 장난으로 주는 막걸리를 받아마셨다가 취한 적이 있었지만 소주는 처음이었다. 눈치로 보아 두더지는 가끔 마셨던 모양이다. 한 모금 꿀꺽 넘기고 나서 카아, 하고 숨을 내뿜는 게 제법 맛을 안다는 시늉이었다. 딱부리와 두더지는 소주 한 병을 다 비우자 곧장 취기가 올라왔다.

어어, 후끈후끈한데.

골에서 뚝딱거리는 소리가 난다.

그들은 킬킬대며 서로를 툭툭 치고 취한 티를 냈다. 주인공이 전투기를 조종해서 제국의 거대한 공 같은 우주선의 급소를 폭격했고 화면에 불길이 가득 차면서 영화가 마지막으로

가고 있었다. 딱부리와 두더지는 극장을 나와 기분좋게 흐느
적대는 기분으로 버스를 타러 갔다.

왜 이렇게 안 크는지 몰라, 맨날 자구 일어나두 아직 애새끼
잖아.

두더지가 투덜거렸다. 딱부리는 산동네의 형들이 사타구니
에 거웃이 돋을 무렵부터 사고뭉치가 되어가던 일이며, 스무
살이 넘으면 동네에서 안 보이거나 떠났던 형들이 어쩌다가
아이들을 만나도 모른 척하던 것들이 생각났다. 어른이 되어
봤자 별로 좋은 일이 기다리고 있는 것도 아니라는 걸 딱부리
는 눈치채고 있었다. 그들이 샛강 다리를 건너 작업장 입구로
올라가는데 관리사무소 앞길에 구급차의 붉은 등이 번쩍이고
사람들이 모여 있는 게 보였다. 사람들 틈에서 개인차 구역의
낯익은 수집꾼이 두더지를 보더니 말했다.

빨리 가봐라, 느이 형 다쳤어!

우리 형이요?

두더지가 사람들 틈을 비집고 구급차 쪽으로 달려갔다. 딱
부리도 뒤를 쫓아가보았다. 두더지의 아버지가 구급차 앞에
서 있었고 그의 형은 이미 차에 실린 뒤였다. 두더지가 형을
부르며 차에 오르자 그의 아버지가 흰 가운 입은 사람에게 가
족이라고 말했다. 직원은 뒷문을 닫기 전에 말했다.

한 사람밖에 못 탑니다.

문이 닫히고 구급차가 사이렌을 울리면서 떠났다. 마지막 차가 작업장에 쓰레기를 내리다가 지반이 붕괴하면서 옆으로 넘어갔고, 차를 안내하던 두더지의 형이 깔려버렸다는 것이다.

봄 되면 조심해야 돼. 사방이 전부 연탄재하구 얼음하구 겹쳐서 땅속이 비어 있다구.

중기 새끼들은 뭐하는 거야. 지반을 좀 다져줘야 할 거 아냐.

말 마라, 요새는 가스까지 나와서 일하다보면 숨이 턱턱 막히더라.

모여든 사람들이 제각기 떠들었고 딱부리도 아는 조원 아저씨에게 물었더니 그가 현장에 있었다면서 말했다.

아랫도리가 왕창 나갔을걸. 깔린 채로 족히 이십 분은 지났을 거야. 장비라곤 도자하구 굴삭기뿐이라 트럭을 밀어내고 간신히 빼냈지.

하고는 그가 목소리를 낮추어 말했다.

끌어낼 때 보니까 두 다리가 너덜너덜하더라.

딱부리는 흩어져가는 사람들에 섞여서 동네 길로 들어섰다. 집에 돌아오니 그들 방에서는 핑, 뽀르르 하는 전자음이 들려오고, 엄마 방에도 불이 켜져 있었다. 딱부리가 먼저 옆채 문을 열고 엄마에게 말했다.

사고났던데…… 협동 구역에서 누가 차에 깔렸대.

나두 들었어. 다들 조심해야지. 밥은 먹었니?

먹었어요.

그는 술냄새가 날까봐 길게 얘기하지 않고 문을 닫았다. 옆방으로 들어서니 땜통은 베개를 가슴에 깔고 엎드려서 슈퍼마리오 게임에 열중해 있었다. 이제는 능숙해져서 장애물과 난코스를 넘어서 거의 최고점에 가까운 목적지까지 접근하고 있는 중이었다. 요즈음 땜통의 목표는 마지막 팡파르와 함께 불꽃놀이가 터지는 그곳에 이르는 것이었다. 딱부리도 엎드려 같이 화면을 들여다보면서 말했다.

야야, 저 길에 하수도 입구 보인다. 글루 빠지면 세상이 획 바뀐다.

나두 알아……

하다가 땜통이 옆으로 비켜나면서 큰 소리로 말했다.

윽, 냄새난다. 형아, 술 먹었지?

짜식, 엄마 듣겠다.

땜통이 한눈파는 사이에 공룡 괴물에게 당한 마리오가 절벽 아래로 굴러떨어지고 있었다.

형아 때문에 망했다!

녀석은 게임기를 그제야 내려놓았고, 딱부리가 물었다.

너 요즘 삐삐네 집엔 가봤니?

응, 아줌마가 아프다. 말두 안 하구 그래.

딱부리도 설 때 놀러 가서 떡국 얻어먹고 밤에는 여울목에서 김서방네 식구들을 잠깐 보았다. 엄마가 구역을 옮긴 뒤부터 딱부리는 틈이 나면 읍내에나 나갔지 만물상 할아버지네는 거의 들르지 못했던 것이다.

꼬마는?

딱부리가 묻자 땜통이 말했다.

그 식구들 봄이 온다고 바쁘다. 동네에 나쁜 안개가 더 많이 퍼졌대.

옛날 동네…… 그게 정말 있었을까? 우리가 꿈꾼 거 아냐?

딱부리가 지금도 미심쩍게 생각하는 얘기를 꺼내자 땜통이 말했다.

형아랑 갔던 백화점 동네두 꿈에 나온다, 히이.

며칠 지나서 일 끝나고 집으로 돌아오는데 두더지가 비틀거리며 앞서 걷고 있는 게 보였다. 오두막 앞에 섰던 아줌마들이 수군거리며 비켜났다. 딱부리는 집 앞을 지나쳐서 그대로 두더지의 뒤를 느린 걸음으로 슬슬 쫓아갔다. 그는 역시 동네를 벗어나 언덕을 비틀대며 오르고 있었다. 딱부리가 다가서니 두더지가 돌아보고 그의 목에 팔을 둘러 껴안으면서 말했다.

어이, 내 친구 딱부리, 너 잘 만났다.

안마, 뭣하러 술 먹구 그래?

씨발, 작업장에서 양주 주워다 몇 잔 먹었다, 왜.

하더니 그는 작업복 주머니에서 검은 비닐에 싼 것을 꺼내어 쳐들어 보였다.

여기 소주 한 병 또 있다!

딱부리는 내리막에서 비틀거리는 두더지를 붙잡고 본부로 내려갔다. 그들은 불을 켜고 담요와 침낭을 뒤집어쓰고 마주 앉았다. 두더지가 소주병을 이빨로 아무렇게나 따고는 꿀꺽이며 마시자 딱부리가 억지로 그에게서 병을 빼앗았다. 두더지는 입술을 일그러뜨리며 울음을 터뜨렸다.

우리 형, 두 다리 몽땅 짤렸다. 평생 걷지 못할 거야. 꼰대는 보상금 타령이나 하구 있어.

술 그만 먹어라. 이건 내가 마실게.

딱부리는 며칠 전에 처음 마시고 잠도 푹 잤던 기억이 있어서 소주도 별게 아니라고 생각하고 있었다. 술이 취하니까 갑자기 어른이 된 듯한 기분도 그리 나쁘지 않았다. 전과는 달리 빈속이라 찬 소주가 넘어가자 뱃속이 아릿한 느낌이었다. 하지만 처음에만 그랬고 몇 모금 더 마시자 금세 몸과 얼굴이 화끈거리면서 소주가 달착지근하게 느껴졌다. 둘은 술을 더 먹겠다느니 안 된다느니 하면서 한 시간쯤 그러고 앉아 있었다.

홀쭉이던 두더지가 호주머니에서 치약 같은 걸 꺼내어 비닐봉지 속에다 짜넣고는 봉지를 벌려 얼굴에 갖다댔다. 딱부리는 그게 무슨 짓인지 너무도 잘 알고 있었지만 말리지는 않았다. 산동네에서 한번 해본 적도 있었던 것이다. 동네 형들과 또래와 꼬마들에 이르기까지 철거 지역의 빈집에 둘러앉아 돌려가며 몇 모금씩 본드를 불었다. 제각기 토하기도 하고 숨이 막혀 버둥거리기도 하고 죽은 것처럼 늘어졌다가 비실대며 일어나기도 했다. 두더지는 몇 번 깊게 들이마시더니 뒤로 넘어갔고, 잠시 후에 어칠비칠 일어나 앉았다.

히야, 니 얼굴이 길쭉하게 늘어났다.

손가락질을 하면서 두더지가 킬킬 웃었고, 딱부리는 그가 던져버린 비닐봉지를 주머니에 슬쩍 집어넣었다. 두더지가 일어나서 두 팔을 휘저으며 날아가는 시늉을 했다.

뜬다, 붕 뜬다.

책상에 무릎이 걸린 두더지가 넘어지면서 촛불도 꺼졌다. 딱부리는 두더지를 안아일으켰고, 그가 더듬더듬 뭔가를 찾았다.

야, 그만 집에 가자. 얼른 일어나.

어디 갔지? 좀더 불어야 한다구.

딱부리가 두더지를 억지로 일으켜세우고는 본부에서 나왔다. 그들은 올 때보다 더욱 느린 걸음으로 언덕을 올라가다 쉬고, 올라서서 쉬고, 내려가다 쉬고는 마른 풀을 헤치며 들판을 걸었다. 딱부리가 문어처럼 팔다리가 흐느적거리는 두더지의 옆구리에 팔을 끼고 공터를 지나는데 반원들과 한잔하던 헬멧 아저씨가 그 꼴을 보고는 한마디했다.

허어, 대가리에 피도 안 마른 새끼들이 술 먹구 해롱거리네.

딱부리는 힘에 부쳐서 잠시 쉬어갈 겸 녀석을 내려놓았다.

애 형이 두 다리가 나갔대요.

딱부리가 그렇게만 말했는데 수집꾼들은 곧 알아들었다.

그렇다구 술 먹으면 더 속상하지.

얘네 집이 어디든가, 누구 알어?

우리 건넛집이야. 아버진 다른 데 살고.

털모자를 눌러쓴 아저씨가 나서더니 두더지를 가뿐하게 들쳐업고 오두막동네의 샛길로 사라졌다. 딱부리가 집에 돌아오니 땜통은 또 어디로 나갔는지 텅 비어 있었다. 갑자기 취기가 한꺼번에 몰려오는 것 같았다. 딱부리는 벽에 기대어 앉아 혼잣말로 중얼거린다. 잘한다, 좆만한 게 술이나 처먹구, 나두

아마 아수라나 두더지 형이나 두더지처럼 여기서 폭싹 망해버
릴 거다. 딱부리는 담요 위에 벌러덩 누웠다가 문득 생각나서
호주머니를 뒤적였다. 쑤셔넣었던 비닐봉지가 부스럭거리며
나왔고, 그는 망설이다가 봉지를 두 손으로 잡고 천천히 벌려
서는 코와 입을 덮었다. 에라, 모르겠다. 숨을 깊게 들이마시자
처음에는 고무에 휘발유 섞인 냄새가 나더니 핑 돌면서 숨이
콱 막혔다. 딱부리는 입을 떼었다가 다시 숨을 들이켰다. 여름
한창때 매미가 떼로 우는 것처럼 머릿속에서 윙윙대는 소리가
들리면서 의식이 가물가물해졌다. 딱부리는 더듬더듬 머리맡
을 찾아 두 팔을 허우적거렸다. 뭔가 손에 잡혔다. 이게 뭐지?
얼결에 더듬다가 단추를 눌렀는지 화면에 불이 들어온다.

　전자음악 소리가 귓바퀴에 가득 찬다. 화면은 점점 커지고
나의 몸은 뽀르르 하는 소리와 함께 일시에 줄어든다. 빨간 모
자에 파란 멜빵바지를 입고 걸어간다. 걸어가는 양쪽에 인조
석으로 쌓아올린 옹벽이 있고 정면에 문이 보인다. 문을 통과
하자 갑자기 다른 세상이 나타난다. 하늘은 새파랗고 동그란
구름이 흘러간다. 옆에는 삐죽삐죽 나무숲이 있다. 바라보면
저 끝에는 파란 하늘과 누런 땅이 평평하게 맞닿아 있다. 자세
히 보니 새파란 하늘은 페인트로 칠했고 구름도 우레탄 거품

덩어리를 뿌린 것이며 숲은 비닐과 플라스틱이고 땅은 라텍스 고무 알갱이를 다진 것이고 잔디밭은 폴리프로필렌이고 도로 턱과 옹벽과 인공 바위들은 합성 플라스틱이다. 드넓은 평원 곳곳에 번쩍이는 금속과 유리와 시멘트의 빌딩들이 탑처럼 띄엄띄엄 서 있다. 이제 막 개발이 시작된 신도시 같다. 그러나 사람은 나 이외에는 하나도 보이지 않는다. 플라스틱 꽃과 잎이 만발한 화단 가에 포도덩굴과 사과나무가 있고 포도와 사과는 반들반들한 플라스틱이다. 저만치 앞쪽에서 뭔가 삽살개 같은 것이 걸어오고 있다. 온몸에 폴리에스테르 합성섬유 털을 사방으로 뻗치고 눈은 빨갛고 그르르 하는 소리를 내고 있다. 나는 그냥 걸어간다. 고놈이 비켜가겠거니 했더니 웬걸 부딪치자마자 온몸에 전기가 오는 것처럼 쩌릿하면서 나는 환한 빛으로 가득한 유리창 같은 화면에 스치면서 어둠 속으로 떨어진다. 다시 눈앞이 밝아오자 나는 다시 처음 출발했던 옹벽 사이의 비좁은 길에 섰고 문을 통과한다. 다시 똑같은 거리를 걸어서 화단 앞을 지나자 강아지 괴물이 다가온다. 이번에는 돌아서서 왔던 길로 물러나는데, 앞에 또 한 놈이 나타난다. 그것은 거북이처럼 생긴 놈인데 땅에 바짝 붙어서 기어오고 있다. 앞뒤에 그것들이 다가오고 있다. 발을 살짝 구르니 몸이 통통 위로 떠오른다. 좀더 세게 구르면 더 높이 튀어올라간다.

깡충 뛰었다가 거북이 괴물을 밟으니 삐릭 소리와 함께 비누 거품 꺼지듯 탁 터진다. 다시 깡충 뛰어 앞에 오는 강아지 괴물을 밟으니 다시 삐리릭. 이번에는 줄지어 괴물들이 온다. 통통통 뛰었다 떨어지면서 차례로 터뜨린다. 하늘 위에 둥둥 떠다니는 돌이 계단처럼 떠 있다. 통 뛰어오르고, 다시 통 뛰어오르고, 맨 꼭대기에서 작은 별과 부딪치자 내 가치가 그만큼 올랐다며 점수가 황금색으로 반짝반짝하면서 하늘에 떠오른다. 맞은편 축대 위로 부웅 건너뛴다. 외나무다리를 건너간다. 앞에는 강아지 괴물, 공중에는 휴짓조각 같은 박쥐들이 날아다닌다. 괴물들을 통통 터뜨리고 뛰어올라서 두 발로 삐릭삐릭 박쥐들을 걷어차 무찌르고는 다리를 건넌다. 나는 이제 되돌아나갈 수가 없다. 걸음을 빨리할 수도 없고 일정한 걸음으로 장중한 음악에 맞추어 행진한다. 아차, 하는 사이에 맨홀을 건너뛰지 못하고 풍덩 빠진다. 어둠 속으로 한참 떨어져서 동굴 같은 지하세계에 들어선다. 풍경이 전혀 달라진다. 끈적이는 페인트 강이 흐르고 인공 바위와 아크릴 폭포가 떨어진다. 가는 길마다 뿔 나고 꼬리 달린 새끼 악어 모양의 고무풍선으로 만든 괴물이 우글거리고 있다. 그것들은 고약한 기름 냄새를 풍긴다. 이번에도 통통 뛰면서 터뜨리고 간다. 앞에 거대한 쓰레기산이 보인다. 끈적이는 검은 기름의 수렁도 있고, 빨간 불꽃이 이글거리는 연못도 있고, 깡통 같은, 길쭉한 병 같은, 구겨진 걸레 같은, 털실처럼 엉긴 철사 같은, 부서진 상자 같은, 뒤엉킨 잡동사니의 꼭대기에 밧줄이 길게 늘어져 있다. 밧줄을 잡고 올라간다. 바로 위에 보다 큰 악어 같은 괴물이 입을 벌리고 있다. 그대로 부웅 건너뛰면서 날아가 두 발로 삐리릭 걷어차서 터뜨린다. 다리를 건너자 앞에 펄럭이는 외투를 걸친 마왕이 버티고 서 있다. 입에서는 용처럼 불을 뿜어대고 있다. 불길에 닿으면 또다시 어둠 속으로 굴러떨어져야 할 것이다. 허공의 징검돌을 통통 뛰어 보다 높은 곳에 올라선다. 날아 내려오면서 괴물의 머리를 한 번, 두 번, 세 번을 차니까 콰쾅 하면서 폭발해 터지고, 남은 힘으로 부웅 날아가 접시 위의 빛나는 황금빛 구슬을 차지한다. 음악이 울리고 불꽃이 터지면서 내가 차지한 가치만큼의 점수가 허공에 빛난다. 불꽃이 번쩍이는 바로 위에 구멍이 입을 벌리고 있다. 힘차게 날아오르자 나는 드디어 어둡고 음침한 동굴을 벗어나 다른 풍경 속에 서 있다. 아까처럼 드넓은 평원이다. 여기서는 나 외에 누구와도 말하거나 함께 놀거나 도움을 받을 수 없다. 집이든 나무든 바위든 강이든 모두가 장애물이고 괴물은 나를 출발점으로 떨어뜨리려는 나의 적일 뿐이다. 나는 되돌아가지도 못하고 한없이 나아가면서 건너뛰고, 솟구쳐오르고, 붙잡고, 매달리고, 물리치면서 점수를 올려야만 한다. 겨우 일차적 성취를 끝내고 나는 높다란 성으로 들어가는 문 앞에 다시 이르렀다. 이미 내가 걸어온 길은 화면 밖으로 밀려나가 돌아갈 퇴로도 없다. 이것은 무수하게 반복되는 행진이며 최대의 성취에 이른다 할지라도 언제나 출발점으로 되돌아간다. 성으로 들어가는 문 앞에 서 있는데 뒷전에서 컬컬한 목소리가 들려온다. 얘야, 가지 마라. 그럴듯하지만 이건 꾸민 거란다. 뒤를 돌아보니 김서방네 할아버지가 서 있다. 여긴 웬일이세요? 내가 물었더니 할아버지가 말한다. 사람들이 그 길로 가다가 모두 망쳐버렸다. 지름길인 줄 알고 갔지만 호되게 값을 치를 게다. 온 세상의 산 것들과 물건들이 너와 그물처럼 연결되어 있다는 걸 잊지 마라. 나는 그리운 꿈 같은 기억을 떠올리며 외쳤다. 할아버지네 동네에 가본 적이 있어요. 거긴 여기와 다른가요? 암, 다르구말구. 우리 동네는 언제나 너희 곁에 함께 있는 곳이다. 너희들이 있어서 우리가 있게 되고 너희가 없어지면 우리도 없어지는 거야. 나무 한 그루, 풀 한 포기, 오리 한 마리, 산과 강에 이르기까지 함께 살고 너와 똑같단다. 여기서는 모든 물건이 장애물이고 싸워서 없애야 할 괴물에 둘러싸인 너 혼자뿐이로구나. 이쪽 길은 너를 끝없이 쫓아내려 하고 성취에 길들이려고 하지 않니? 그냥, 출발하지 말고 나가버리면 될 텐데……

그이가 나를 밀쳐냈나? 끔찍한 풍경이 휙 사라져버렸다. 어느새 촛불 켜진 방안이었고, 딱부리는 머리를 두 팔로 감싸고 두 다리를 쪼그리고 옆으로 넘어져 있었다. 그는 지금도 한없이 미끄러지고 있는 줄 알았다.

형아, 어디 아픈 거야?

땜통이 돌아와 게임기를 들고 서 있었다. 딱부리는 말을 하려고 애를 썼다.

무, 무울……

혀가 말라붙었는지 말이 입밖으로 나오질 않았다. 땜통이 물그릇을 입에다 대주어서 딱부리는 한참이나 마셨다. 딱부리는 물이 두터운 종이처럼 말라버린 혀를 적시고 뜨거운 목구멍을 넘어 급류처럼 쏟아져들어가는 느낌이 들었다. 아아, 씨팔! 어쩔 수 없는 후회가 몰려오면서 딱부리는 눈을 감았다.

*

그날, 날씨가 잔뜩 흐렸고 바람도 제법 거세게 불고 있었다. 관리사무소 앞의 춘계 안전기간 현수막이 너덜거리다가 뜯겨져 날아갔을 정도였다. 저녁 쓰레기차들이 다섯시부터 몰려오기 시작했고 하루 중의 막바지 작업이 한창 진행중이었다. 해가 겨울보다는 좀 길어져서 아직은 서쪽 하늘에 붉은 기가 남아 있었고 주위는 어둑어둑한 정도였다. 엄마는 조원들에게서 수거한 폐품을 받기 시작했다. 딱부리와 땜통도 엄마 뒷전에서 조원들이 바구니로 운반해온 물건을 분류해서 부대자루에 담거나 한곳에 모아놓았다. 조원들 중의 누군가가 불평했다.

협동 쪽이 해도 너무하는구먼. 이건 뭐 우리 구역으루 들어오는 차를 한 바퀴 돌릴 데두 없어요.

엄마가 말했다.

어제 우리 중앙재생 구역 조장님들이 회사에 말씀드렸구요, 협동에서두 곧 시정하겠다구 했거든요.

다른 조원이 물건을 부려다놓으며 말했다.

시정은 젠장…… 저기 보슈, 어제 갖다버린 드럼통이 그대루 밖에 나와 있어요. 일부는 포클레인이 땅 파고 묻었지만 오늘 내버린 건 그대로 굴러다니고 있다구.

모두 폐기물이라 저건 수거할 물건두 안 나와. 여긴 생활쓰레기장이오. 저런 건 다른 곳에 모아서 처리해야 하는데…… 협동 측이 어디서 돈 받아먹은 거요.

알았어요. 내일까지 시정이 안 되면 조장님들과 상의해서 다시 말씀드릴게요.

엄마가 그렇게 조원들을 달래놓고 현장으로 올라가보았다. 쓰레기가 차츰 쌓여가면서 넓이가 줄어들고는 있었지만 아직도 차량 수십 대가 일렬 횡대로 진행해도 될 만한 크기였다. 사실 조원들의 불평은 일리가 있었는데, 그 넓은 지역에서 협동환경 측은 며칠 전부터 하필이면 초입의 한군데를 깊게 파헤쳐 폐기물을 실어다 버리고 파묻기를 되풀이하고 있었다. 중기 기사들이 작업 범위가 넓어지면 돈을 더 요구하기 때문이라고 했다.

아무튼 그날 별 말썽 없이 지나가는가 싶었는데 여섯시 넘어서 동쪽의 구청 구역에서 펑 하는 폭발음이 들리며 불길이 솟구쳤다. 땅속에 층층이 쌓였던 오물들이 썩으면서 가스가 가득 차 있다가 날씨가 풀리고 얼음이 녹자 곳곳에서 새어나오는 중이었다. 불길은 좀처럼 잦아들지 않았고 오히려 옆으로 뒤로 다시 사방으로 펑펑 터지면서 번져갔다. 구청 구역의 수집원들은 다행히 일을 끝내고 내려오던 참이라 화상을 입거나 다친 사람은 없었지만 그대로 둘 수는 없었다. 관리사무소에서 연락해서 읍내에서 소방차 한 대, 도시 지원팀에서 두 대가 달려와 불은 삼십 분 만에 진화가 되었다. 그러나 이것은 겨우 시작에 지나지 않았다.

딱부리와 땜통이 먼저 집으로 돌아왔고 엄마는 뒷정리를 끝내고 조장들과 하루 작업회의를 하고 온 것이 저녁 여덟시쯤이었다. 여느 날처럼 엄마와 아이들 세 식구가 밥상머리에 둘러앉아 저녁을 먹고 있는데, 쉬익 하는 소리와 뭔가 펑 터지는 소리가 들리면서 비닐 출입문이 훤해졌다. 딱부리와 땜통이 밖에 나서니 바로 오두막동네 한복판에서 불길이 올라오고 있었다. 쓰레기장에서 하늘로 솟구친 불덩이들이 포탄처럼 지붕 위로 날아와 떨어졌다. 오두막동네의 이곳저곳이 타오르기 시작했다.

엄마, 불났다!

딱부리가 외치자 엄마가 나와보더니 얼른 들어가 담요를 들고 딱부리와 땜통에게도 쥐여주고는 출장소와 매점 방향으로 뛰었다. 언뜻 보니 쓰레기장 쪽은 대낮처럼 환한 것이 이미 온통 불바다였고, 흰 가스가 자욱하게 피어올랐다. 그들은 마스크와 방독면 등의 작업도구를 착용하지 않고 나온 것을 후회했다. 계속해서 뭔가 펑펑 터지는 소리가 들렸고 불똥들이 허공으로 날아갔다가 우박처럼 쏟아져내렸다. 엄마가 맨 앞에서 담요를 둘러쓴 채 허리를 숙이고 앞만 보고 뛰었고 딱부리도 담요를 머리 위에 올리고는 숨을 참고 땅바닥만 내려다보며 뛰었다. 이미 사방에 독한 냄새와 매연이 안개처럼 뒤덮였다.

땜통이 쫓아가려다 멈추고 집 쪽을 한번 돌아보더니 담요를 둘러쓰고 엄마와 딱부리가 뛰어간 반대방향으로 달려갔다. 집에 가서 슈퍼 마리오를 가지고 나와야만 했던 것이다. 사방에서 불길이 일어나고 있는데 땜통은 자욱한 연기 속으로 사라졌다.

엄마와 딱부리는 담요를 뒤집어쓰고 되도록 빨리 더 멀리 작업장 쪽을 피해서 사무소 방향으로 뛰었다. 수많은 사람들이 몰려나왔지만 대개는 맨발이거나 빈손이었다. 불은 사방으로 번지고 있었다. 벌써 오두막동네 전체가 불길에 휩싸였다. 비닐과 천막 스티로폼 골판지 판자 등속으로 지은 날림집이라 불길이 닿으면 휴지처럼 타올랐다가 사그라지면서 주저앉았다. 쓰레기장은 메탄가스와 층층으로 쌓인 인화물들이 서로 가세하면서 속속들이 타들어가고 폭발하면서 구름 같은 가스를 피워올렸고, 불길이 협동 구역의 폐기물 드럼통에 옮겨붙으며 거대한 폭발음과 함께 드럼통들이 날아오르기 시작했다. 어떤 것들은 나중에 강물 가운데라든가 꽃섬의 끝에서 찌그러진 채 발견되기도 했다. 불꽃 파편들이 비 오듯이 쏟아지고 가스가 자욱해서 사람들은 어디로 갈지 모르고 주저앉기도 하고 어쨌든 온전한 함석지붕이 있는 관리사무소와 교회 건물로 몰려갔다. 오두막 이천여 채가 일시에 타오르는데, 얼마 못 가서 사그라지긴 했지만 그 열기와 가스는 쓰레기장보다 더했다. 관리사무소 직원은 몰려드는 사람들에게 핸드마이크로 외치고 있었다.

이제부터 샛강 건너로 각자 알아서 대피하기 바랍니다. 이곳은 유독가스와 화기 때문에 위험하오니 대피하기 바랍니다!

딱부리와 엄마는 자욱한 연기 속에서 서로를 놓치고는 외치고 부르며 찾으러 다녔다. 관리사무소 근처로 몰려든 거의 모든 사람들의 사정이 비슷했기 때문에 찾기가 더욱 힘들었다. 그들은 기침하고 눈물을 흘리면서 허우적거리고 다녔다.

정호야, 영길아!

딱부리가 엄마의 목소리를 들었고 낯익은 무늬의 담요를 발견했다. 엄마와 아들은 전쟁터에서 만난 것처럼 얼싸안았다.

니 동생 어디루 갔니?

못 봤어.

딱부리는 두리번거리다 다시 엄마에게 말했다.

빼빼네 집으루 갔을 거예요.

딱부리는 엄마의 등을 떠밀면서 매점 앞길을 지나 들판으로 나아갔다. 그들은 섬의 서북쪽 빼빼네 집 쪽을 향하여 걸었다. 딱부리와 땜통이 동네에서 본부로 오가던 들판과 언덕 쪽으로는 쓰레기장과 판자촌에서 번져나간 불길이 들판을 태우고 있는 중이었다. 불길은 바람을 타고 계속 번져나갔다. 두 사람은 매연이 가득한 길을 지나 빼빼네 집 부근에 이르렀다. 멀리서도 개들이 흥분해서 짖어대는 소리를 들을 수가 있었다.

여기가 어디냐?

담요를 둘러쓴 엄마가 불안한 듯이 딱부리에게 물었다.

만물상 할아버지네 집이야.

부근에 산다는 말은 들었다. 희한하네, 여긴 딴세상이다.

밖에 나와 서성이고 있었는지 할아버지가 마주 걸어나왔다.

너희들이냐?

딱부리와 엄마가 인사를 했다.

이게 무슨 난리야? 가끔 불이 나긴 했어도 저런 건 첨 본다.

아줌마는요, 아픈 거 다 나았어요?

딱부리가 묻자 할아버지는 목소리를 낮추어 속삭였다.

지금 죽은 듯이 자구 있다. 불난 거 알면 뛰쳐나갈지두 몰라.

할아버지가 둘러보다가 딱부리에게 물었다.

니 동생은 어디 갔니?

집에서 함께 나왔는데 잃어버렸어요. 여기 와 있는 줄 알았는데……

좀 기다려보자. 찾다가 못 만나면 이리루 오겠지.

그들은 집 앞에 앉아서 불길이 점점 더 거세게 번져가는 광경을 바라보고 있었다. 불길이 언덕 위아래를 휩쓸고 강변의 억새숲까지 태워버리는 중이었다. 할아버지가 엄마에게 말했다.

아주머니, 들어갑시다.

괜찮으시겠어요?

방 하나가 더 있으니 식구들 셋이 그 방에 묵으면 됩니다.

그들이 숨죽이고 들어가려고 해도 개들이 짖고 낑낑대는 소리에 어쩔 수가 없었다. 딱부리가 빼빼를 안아올리자 다른 개들도 진정이 되었다. 그들이 윗방으로 들어가 앉는데, 잠이 덜 깬 듯한 빼빼엄마의 목소리가 들려왔다.

아버지, 누가 왔어요?

아니다, 어서 자거라.

먼 곳에서 요란한 사이렌 소리가 들려왔다. 뒤늦게 소방차들이 달려온 것 같았다. 초저녁에 출동했던 소방차들과 도시의 증원 차량들이 왔을 것이다. 구석에 쪼그리고 앉았던 엄마가 고개를 들더니 딱부리에게 말했다.

나가서 동생 좀 찾아봐라.

딱부리는 안 그래도 일어서려는 참이었다. 관리사무소 앞마당으로 향하는데 왼쪽은 샛강변이었고 오른쪽은 언덕과 밭과 큰강이 있는 방향이었다. 언덕과 들판을 따라 자라난 마른 풀과 나무 들이 타들어가고 있었고 타버린 오두막동네의 부연 상공에는 연기가 구름처럼 퍼져 있는데, 쓰레기장 쪽은 아직도 벌겋게 불길이 올라가고 있었다. 매연이 안개처럼 덮인 관리사무소 앞에는 경찰차와 소방대 차량이 모여 있었고 소방차들은 쓰레기장 가까이 올라가 있었다. 구청 구역 반장들과 개인차 구역 조장들이 마스크에 장갑에 작업 준비를 갖추고 모여 있었다. 그들 사이로 헤집고 다니는 딱부리에게 누군가 말했다.

넌 왜 대피하지 않았냐?

자세히 살펴보니 헬멧 반장이었다. 딱부리가 그에게 외쳤다.

내 동생 못 봤어요?

애들은 여기 없는데, 느이 엄만 어디 갔어?

만물상 할아버지 집에요.

반장이 딱부리에게 어서 가라고 등을 밀면서 말했다.

거기라면 외딴 집이라 괜찮겠구나. 동네 사람들 대부분이 샛강말루 대피했다.

딱부리는 땜통 녀석이 틀림없이 동네 사람들을 따라갔으리라 여기고는 빼빼네 집으로 돌아왔다. 딱부리와 엄마는 그렇게 불안한 가운데 윗방에서 잠이 들었다. 한밤중이었을까, 딱부리가 먼저 깨어났다. 집안의 개들과 바깥 비닐하우스의 개들이 일제히 짖어대고 있었다. 밖에 불이라도 켜놓은 것처럼 창문이 훤했다. 문 여는 소리가 요란하게 들리면서 누군가 밖으로 뛰어나가는 것 같았다. 딱부리가 마루로 나가보니 문이 활짝 열린 채 빼빼가 마당에까지 나가 짖고 있고, 불구인 다른 개들은 마루 끝에서 짖어댔다. 문밖으로 내다뵈는 하늘에는 벌건 빛이 가득했다. 엄마도 마루로 뛰어나왔고, 할아버지가 마루의 불을 켜고 부스스한 얼굴로 둘러보았다.

이것이 또 나갔구나……

할아버지가 신발을 꿰고 나가자 딱부리도 뒤를 따랐다. 두 사람은 마당에 서자마자 개들이 사납게 짖고 있던 이유를 알게 되었다. 여울목이 타오르는가 싶더니 꽃섬의 무성한 억새밭 전체가 타올랐다. 불길은 그사이에 이곳까지 번진 모양이었다. 할아버지가 빼빼를 잡아 마루에 올려놓고는 엄마에게 일렀다.

문 꼭 닫구 집에 있어요.

할아버지는 여울목 쪽으로 달려갔고, 딱부리도 뒤를 따라갔다. 전자제품 처리장을 지나자 벌써 불길이 가까이 다가와 있었다. 앞에는 키가 넘도록 자라난 억새숲이었고 겨우내 바싹 마른 풀들이 온 들판에 뒤덮여 있었다. 할아버지가 숲을 헤치고 들어가면서 딱부리에게 말했다.

너는 여기 있거라.

그는 상의를 벗어 머리에 뒤집어쓰고 여울목의 숲속으로 사라졌다. 딱부리는 불길이 빠르게 번져오는 것을 두려운 눈으로 바라보다가 뒷걸음질로 물러났다. 잠시 후에 할아버지가 불붙기 시작한 억새숲의 연기 속에서 빼빼엄마를 들쳐업고 나타났다. 그녀는 축 늘어져 있었다. 만물상 할아버지는 축 늘어진 딸을 등에 업고 비칠대는 걸음으로 집 앞마당에 이르자마자 함께 주저앉았다.

애야, 정신 좀 차려, 이것아…… 물 좀 떠와라.

할아버지가 딸의 볼을 토닥이며 말을 시켜보다가 뒷전의 딱부리에게 말했다. 딱부리가 집안으로 들어가 물 한 그릇을 떠가지고 나오는데 빼빼엄마가 벌떡 일어났다. 할아버지가 딸이 다른 데로 가지 못하도록 허리춤을 잡고 있었건만 그녀는 일어나서 두 팔을 허우적거리며 소리쳤다.

망할 것들아, 여기 니들만 사는 줄 알아? 니덜 사람 새끼 다 없어져도 세상은 그대루야.

애야, 알았다 알았어, 다 애비 잘못이다.

만물상 할아버지가 헛소리를 하는 딸의 어깨를 눌러서 주저앉히고는 힘에 부치는지 가쁜 숨을 몰아쉬었고, 딱부리도 합세해서 삐삐엄마의 허리를 붙잡고 앉았다. 그녀는 붙잡힌 어깨를 뿌리치려고 몸부림치면서 다시 외쳤다.

세상에 니들만 사는 줄 아냐?

비닐하우스와 집안의 개들이 그녀의 목소리를 듣고 일제히 짖어댔고 엄마도 놀라서 뛰어나왔다. 삐삐엄마는 몇번 더 만물상 할아버지와 딱부리를 뿌리치려고 몸을 흔들다가 기진했는지 축 늘어져버렸다.

꽃섬은 그뒤 닷새 동안 더 불타올랐다. 불은 좀처럼 꺼지지 않았고, 쓰레기를 내다버린 도시의 서부지역 전체와 중심부에까지 악취와 매연이 바람을 타고 날아갔다. 특히 강이 통로 역할을 하여 매연은 도시 전체로 빠르게 퍼져나갔다. 주택가와 병원에서는 대피하는 소동이 벌어지기도 했다. 도시의 사무실 구역에서는 두통을 호소하는 회사원들이 많았다. 불이 크게 번지자 이튿날부터 소방차들이 열 대 가까이 증원되었지만 지역이 워낙 넓고 화학물질이 많아서 물을 뿌리는 일로는 진화에 별로 도움이 되지 않았다. 겨우 나흘째가 되어 혼란을 수습한 수집꾼들과 각 구청 미화원들이 합세하여 경운기에 흙을 실어다 뿌리고 불도저가 속에서 타들어가는 쓰레기들을 헤집어 밀어내는 식으로 불을 껐다.

땜통의 시신은 쓰레기장의 불길과 연기가 많이 잦아든 이틀 뒤에 발견되었다. 수집꾼들이 타버린 오두막동네의 남은 불씨와 화재 쓰레기를 치우는 과정에서 어른과 아이를 포함한 십여 구의 시신을 찾아냈다. 땜통은 담요를 머리 위에 둘러쓴 채로 쓰러져 있었는데, 검게 그을린 담요 자락 아래로 두 발만 내놓고 있었다. 딱부리도 달려가서 확인했지만 녀석의 몸은 말짱했다. 연기 속에서 질식한 것으로 보였다. 엄마는 몇 년 만에 처음으로 남들이 보는 데서 큰 소리로 마음껏 울었다. 이미 반나마 타버린 시신들도 있었다. 남은 가족들은 가난하여 사무소 측의 권유에 따라 화장했는데, 그들은 한줌의 재로 돌아온 식구를 제각기 형편에 따라서 강이나 꽃섬 주변 들판에 뿌렸다. 딱부리는 사방에 찢어지고 꿰맨 자국이 있는 땜통의 검정색 야구모자를 챙겼다. 딱부리가 하늘색 새 모자를 사주었는데도 녀석이 끝내 버리지 않고 쓰고 다녔던 헌 모자였다.

쓰레기는 도시의 각 구역마다 매일 발생했지만 수집꾼들은 거처를 잃어버렸고 당장에 모아둔 폐품도 없어서 오두막을 지을 형편이 못 되었다. 화상을 입은 부상자들도 많았고 겉으로는 멀쩡해 보여도 수집꾼들 중에는 후유증을 앓는 사람들이 절반은 넘었을 것이다. 오두막동네 사람들은 불탄 자리에서 아무것도 건진 게 없었다. 세월이 가다보면 쓰레기 속에서 쓸

만한 물건들을 집어다 다시 살림도구를 장만하게 될 거였다. 엄마는 아무 말도 없었지만 장판지 아래 묻어두었던 돈도 모두 타버렸을 것이다. 스티로폼과 비닐이 열기에 녹아서 모두 검은 덩어리로 변해버렸을 정도였다. 그러나 쓰레기차는 날마다 몰려들어왔으며, 임시 천막을 수십 동씩 쳐놓고 작업은 다시 시작되고 있었다. 엄마는 하루에 두 번씩 약을 먹으면서 견디었는데, 수집꾼들은 서로 두통약을 권했다.

딱부리는 오후작업이 끝나고 나서 검은 재로 뒤덮인 언덕을 올라 혼자서 본부 쪽으로 가보았다. 불탄 자리 가운데 그을린 시멘트 블록 벽만 남아 있었다. 지붕은 타서 주저앉았고 안에 감춰놓았던 잡지책이며 플라스틱 장난감과 책상도 침낭도 모두 녹아버리고 그을려서 모양이 일그러져 있었다. 딱부리는 불에 타서 재가 되고 그루터기의 흔적만 남은 관목과 억새숲이 있던 들판을 넘어 서북쪽 끝에 있는 삐삐네 집으로 향했다. 만물상 할아버지가 마당에 나와 있다가 멀찍이서 딱부리가 걸어오는 것을 보고 우두커니 서서 기다렸다.

그 녀석 얘긴 들었다.

가엾어서…… 하면서 할아버지가 딱부리의 두 팔을 쥐었고 딱부리는 목구멍이 아픈 걸 꾹 참고 고개를 돌렸다. 노인과 아이는 한참을 그러고 섰다가 떨어졌다.

시에서 조립식 주택을 지어서 빌려준다는구나.

만물상 할아버지가 말했고 딱부리는 고개를 돌려 집을 둘러 보았다.

저는 여기가 좋아요.

방 하나가 남게 될 테니 느이가 와서 살아두 된다.

딱부리가 창문으로 집안을 들여다보면서 물었다.

아줌마는 어디 갔어요?

만물상 할아버지는 땅바닥을 내려다보면서 중얼거렸다.

방에서 자구 있을걸. 며칠째 밥도 먹지 않고 물만 마시는구 나. 아무래도 병원에 보내야 할 모양이다.

할아버지가 딱부리의 손을 가만히 쥐면서 덧붙였다.

니가 준 물건을 이참에 요긴하게 쓰겠구나.

흥얼거리며 느린 곡조의 노래를 하는 소리가 들려서 그들이 돌아보니 빼빼엄마가 문을 나서고 있었다. 그녀는 아리랑을 부르는 것 같기도 하고 목포의 눈물을 부르는 것 같기도 했는 데, 귀 기울여 자세히 들으니 가락에 맞추어 말을 하고 있었다.

어찌 할까 어찌 할까 살지도 못하고 죽지도 못하고

내 새끼들 어찌 할까 있지도 못하고 떠나지도 못하고

그녀는 허청허청 발이 공중에 떠 있는 것처럼 우쭐거리며 마당으로 걸어나왔고, 만물상 할아버지는 포기했다는 듯이 담배 한 대를 물고 저만치 떨어져서 바라볼 뿐이었다. 딱부리는 전에 땜통이 그랬듯이 공손하게 그녀의 뒷전에서 따라갔다. 빼빼엄마가 여울목으로 가려고 몸을 돌리자 할아버지가 딱부리에게 다가와 팔을 붙잡으며 말했다.

거긴 가지 마라, 탈이라두 나면 어쩌냐?

괜찮아요. 걱정 마세요.

딱부리는 사지에서 힘을 빼고 빨래처럼 흐느적이며 걸어가는 그녀의 뒤를 따라서 천천히 걸어갔다. 그들은 재가 발목을 덮는 억새숲의 불탄 자리로 들어갔다. 이미 휑하니 비어 있는 당집 앞마당에 들어서자 그을린 기둥과 전보다 더욱 흉한 몰골로 기울어진 지붕의 기왓장이 반나마 떨어져서 땅바닥에 깨어진 파편들이 즐비했다. 무성한 억새숲 가운데 섰던 버드나무 고목은 밑둥치부터 가지에 이르기까지 시커멓게 타버렸다. 빼빼엄마가 나무를 두 손으로 쓸어내리면서 중얼거렸다.

어찌 할까 어찌 할까 살지도 못하고 죽지도 못하고

내 새끼들 어찌 할까 있지도 못하고 떠나지도 못하고

그녀는 무릎을 굽히고 고목 아래 땅바닥을 두 손으로 비질하듯이 쓸고 다녔다. 마른 풀의 재가 풀썩이며 일어났고 여자의 두 손과 치마는 검게 더러워졌다. 그녀는 다시 두 손으로 제 얼굴을 쓸어내려서 시커멓게 되었다. 빼빼엄마가 두리번거리다가 다시 앞쪽의 그을린 나뭇가지들이 삐죽삐죽 서 있는 곳으로 걸어갔고 딱부리도 뒤를 좇아갔다. 억새가 울창하던 그곳은 모두 타버려서 검은 재와 널찍한 빈터만 남아 있었다. 한가운데에 돌과 자갈로 바닥을 깐 오래된 샘이 있었는데, 물은 이미 말랐고 모래와 무너진 자갈이 수북이 쌓여 있었다. 빼빼엄마는 마른 샘 앞에 망연히 서서 무엇인가를 들여다보았다. 딱부리도 그녀 옆으로 가서 말라버린 웅덩이 안을 보았다. 그곳에 여러 가지 물건이 있었는데 누가 그랬는지 한 줄로 가지런하게 늘어놓았다. 빼빼엄마가 갑자기 기운이 난 것처럼 샘터로 들어가 그 물건들을 집어서 딱부리의 발치에 던져놓기 시작했다. 나뭇결이 갈라지고 터진 절굿공이, 끝이 모두 닳아버린 수숫대 빗자루, 뒤축이 떨어져나간 남녀 고무신 한 짝씩, 녹이 파랗게 슨 은비녀, 쪼개진 물소뿔 마고자 단추, 부러진 곰방대, 이 빠진 참빗, 실밥 터진 골무, 손잡이가 반질반질한 참나무 도끼자루, 옻칠 벗겨진 실패, 타다 남은 부지깽이, 귀퉁이 떨어진 밥주걱, 앙증맞은 나무 팽이 따위의 물건들 가운데 불에 그을렸거나 반쯤 타버린 것도 있었고 말짱한 것들도 있었다. 빼빼엄마가 샘 자리에서 나와 아무 말 없이 물건들을 그러모아서 두 손에 쥐고는 당집으로 걸어갔고 처음에는 영문을 모르던 딱부리도 남은 물건들을 두 손에 쥐고 그녀를 따라갔다. 딱부리가 남은 물건을 가지러 한번 더 왕래했을 정도로 잡동사니는 제법 많았다. 그녀는 검게 그을렸지만 아직은 멀쩡한 당집의 마루판자 아래 어둠 속을 들여다보았다.

어디루 떠나지 말구 우리 같이 살자. 이렇게 헤지지 말구.

빼빼엄마는 옮겨온 물건들을 그 안에 깊숙이 넣었고 딱부리도 물건들을 간추려서 그녀에게 차례로 넘겨주었다. 그녀는 물건들이 포개지지 않도록 조심스럽게 가지런하게 넣었다. 마치 그것들을 잠재우기 위해서 눕혀주는 손길 같아 보였다. 딱부리가 제 동작에 골똘해 있는 빼빼엄마에게 무심코 말을 걸었다.

이런 못쓰는 물건들을 왜 소중하게 감춰두는 거예요?

서루간에 정들어서 그러지.

그럼 저어기 쓰레기장 물건들은요?

빼빼엄마는 검댕이 잔뜩 묻은 더러운 얼굴을 돌리고 야멸치게 말했다.

저것들은 사람들이 정을 준 게 아니잖아!

옮기는 일을 마치자 그녀와 딱부리의 손은 시커멓게 재투성이가 되어버렸다. 딱부리는 어쩐지 전부터 잘 알던 이웃의 이사를 도와준 것 같은 느낌이었다. 그는 내일이라도 당장 땜통의 헌 야구모자를 이곳에 가져다놓아야겠다고 생각했다. 주인을 잃은 모자도 땜통을 그리워할 것만 같았다.

*

　봄은 바람을 따라 찾아왔다. 사십 일 만에 조립식 주택 오십 여 동이 완공되었고, 한 동에 네다섯 평짜리 방이 스물여섯 개나 되었다. 간이 공동샤워장도 생겼다. 바르게 사는 사람이 되는 교육을 받으러 갔다던 딱부리 아버지는 돌아오지 않았으며, 아수라 반장에게서는 감옥 미화부에서 일한다는 편지가 왔다. 오두막동네가 불탄 뒤로 삐삐엄마는 증세가 더욱 악화되었다. 그녀는 작업장은 물론이고 읍내까지 휘젓고 다니더니 관리사무소의 신고로 병원에 실려갔고, 그해 내내 병원에서 나오지 못했다. 딱부리는 그들 모두 소독이라도 한 것처럼 새사람이 되어 돌아올 수 있을까 생각했다. 엄마의 남은 소망은 딱부리를 학교에 보내는 것이었는데, 그는 감옥이며 병원이나 학교 같은 곳에 갇히고 싶지 않았다.

　삐삐엄마가 떠난 뒤로 딱부리는 이전보다 바빠졌다. 날마다 작업이 끝나면 쓰레기장에서 골라낸 특식을 챙겨들고 삐삐네 집으로 갔다. 혼자 남은 만물상 할아버지가 잔반을 모아오곤 했지만 강아지들은 언제부터인가 딱부리를 기다리는 버릇이

들었다. 그가 갈 때쯤이면 삐삐네 식구들은 벌써부터 알아채고 낑낑대며 헐떡거리고 집안에 들어서면 너도나도 달려들어 서로 안아달라고 아우성이었다.

딱부리는 그날도 여느 때처럼 먹을 것을 강아지들에게 골고루 나누어주고 들판을 지나 언덕을 넘어서 본부로 갔다. 주변은 아직도 불탄 흔적에 잦은 봄비까지 내려서 시커멓고 지저분했다. 그는 본부 앞마당에 앉아 저무는 강변을 바라보았다. 차츰 어두워지고 있었는데 뭔가 거뭇한 그림자가 그의 옆에 와서 가만히 앉았다. 딱부리가 돌아보니 찢어진 야구모자를 비뚜름하니 쓰고 소매를 몇 번이나 접은, 어른 작업복을 걸친 땜통이 자기와 나란히 앉아 같은 곳을 바라보고 있었다. 딱부리가 말을 걸려고 하는데 녀석이 손가락으로 가리키며 속삭였다.

저기……

딱부리는 언덕 아래편 강변 쪽의 어둠 속에서 움직이는 불빛 몇 점을 보았다. 멈추었다가 다시 춤추듯 너울너울 흘러가는 푸른 불빛을 보면서 그는 숨을 죽이고 있었다. 딱부리가 말하려고 고개를 돌렸더니 어느새 땜통은 저만치에 가서 섰다. 그러고는 거품이 꺼지듯 거뭇한 형체가 사라지고 불빛 한 점이 되어 강변 쪽으로 흘러갔다. 딱부리는 어쩐지 그이들에게 미안했고, 못된 짓이라도 한 것처럼 다시는 앞에 나설 수가 없을 것 같았다.

아, 다행이다.

혼잣말로 중얼거리던 딱부리는 이제 알고 있었다. 수많은 도시의 변두리에서 중심가까지의 집과 건물과 자동차 들과 강변도로와 철교와 조명 불빛과 귀청을 찢는 듯한 소음과 주정꾼이 토해낸 오물과 쓰레기장과 버려진 물건들과 먼지와 연기와 썩는 냄새와 모든 독극물에 이르기까지, 이런 엄청난 것들을 지금 살고 있는 세상 사람 모두가 지어냈다는 것을. 하지만 또한 언제나 그랬듯이 들판의 타버린 잿더미를 뚫고 온갖 풀꽃들이 솟아나 바람에 한들거리고, 그을린 나뭇가지 위의 여린 새잎도 짙푸른 억새의 새싹도 다시 돋아나게 될 것이다.

작가의 말

……그것은 시간과 공간의 덧없음을 나타내는

아주 쓸쓸한 장면들이었다.

어찌 가족뿐이랴,

불교에서는 백년 사이에

온 세상이 바뀌어 변하고 나타나는 것을

거대한 런던아이(London Eye)처럼 '수레바퀴의 한 회전'에 비유한다.

백년 뒤에는 현재 지상에 살고 있는

모든 사람이 사라지고

거기 살아가는 이들은

우리가 전혀 모르는 새 사람들일 것이다.

그리고 어쩌면 사람만 모두 사라지고

앙코르와트의 흔적과도 같이

무성한 밀림과 새와 나비 들만

남아 있게 될지도 모르는 일이다……

더 많은 생산과 소비는 삶의 목적이 되었고 온 세계가 그것을 위하여 모든 역량과 꿈까지도 탕진한다. 그러므로 이 작품에 드러나 있는 풍경은 세계의 어느 도시 외곽에서도 만날 수 있는 매우 낯익은 세상이다. 지옥 또는 천국처럼 낯선 것이 아니라 너무도 일상적으로 낯익게 되어버린 것이다. 그것은 우리 모두가 여기까지 달려오면서 만들어낸 세계이기 때문이다. 체르노빌처럼 후쿠시마처럼 '매트릭스'로서의 그 세계는 바로 우리 지척에 있다.

난지도 쓰레기장에 묻어버린 것은 지난 시대의 우리들의 욕망이었지만, 거대한 독극물의 무덤 위에 번성한 풀꽃과 나무들의 푸르름은 그것의 덧없음을 덮어주고 어루만져주고 있는 듯하다. 도깨비가 사라진 것은 전기가 들어오고부터라는 시골 노인들의 말처럼, 지금의 세계는 우리와 더불어 살아온 도깨비를 끝없이 살해한 과정이었다. 나는 이들 우리 속의 정령을 불러내어 그이들의 마음으로 질문을 해보고 싶었다. 내 속에 그게 정말 아직도 살아 있는 거냐?

2011년 5월 3일
황석영

우리 모두가 알고 있는 세상

내 이맘때의 글쓰기에 대해 동료들과 농담처럼 이야기하다가 시인 김정환의 '만년문학은 치매의 문학이다'라는 그럴듯한 소리를 얻어듣게 되었다. 치매에 걸린 노파는 그녀의 딸이 찾아와도 '누구시우, 두붓집 아주머닌가?' 하며 알아보지 못한다. 그러나 딸의 어릴 적 사진을 보여주면 '아이구, 우리 순이 여기 있네' 하면서 반가워한다. 이를테면 치매는 현재에서 가까운 기억들을 지워가면서 지나간 옛날이나 또는 기억해야 될 것들만을 간추려서 되새기고 재조합하는 과정일 것이다. 근원적인 것들, 매우 사소하면서도 뒤늦게야 재발견되는 일화들, 그리고 여럿과 맺은 관계에 대하여 추려내고 버리고 비우는 과정일지도 모른다. 그러므로 이맘때의 내 문학은 치열한 전위를 위해서가 아니라 모든 것을 쓸어버린 뒤의 폐허에 남아 있는 연민을 위한 것이 되리라.

　나는 이번 작품을 준비하면서 '시간이 멈춘 듯한' 장소로서 중국의 리장(麗江)이란 곳을 찾아갔다. 칠백 년이나 되었다는, 언제나 봄날씨인 그 고읍(古邑)에서 나는 뉴욕이나 파리와 별 다름 없는 욕망이 다른 형태로 점령하고 있는 것을 보았고, 지구상에서 탈출할 곳은 아무 데도 없다는 사실을 진부하게 확인했다. 작품을 시작만 해놓고는 다시 내 방으로 돌아왔고 끝마무리를 하겠다고 바다를 건너 제주에 가서야 간신히 마칠 수가 있었다. 그러나 현실은 그림자처럼 끈질기게 나를 따라다녔다. 몇 달 사이에 삼백오십만이 넘는 생명들이 우리가 사는 땅에서 생매장을 당했고, 겨울에는 연평도 포격으로 일촉즉발의 전쟁 위기가 몰려왔으며, 봄이 시작되자마자 일본의 대지진과 원전 참사가 일어나서 현재진행중이다. 중동에서는 재스민 혁명이 진행중이라더니 바로 어제는 오사마 빈 라덴이 죽으면서 9·11 이후 세계체제의 일막이 끝났다.

　집필하러 갔을 때 나는 아내가 쓰던 노트북을 가져갔는데, 어느 날 우연히 작업하다 내버려둔 바탕화면의 캄캄한 어둠 속에서 처가의 가족사진이 떠오르는 것을 발견하게 되었다.

사진을 찍은 곳은 아마도 이웃 나라의 관광지였을 것이다. 나는 노인부터 젊은 부모들과 아이들에 이르기까지 모두 함께, 또는 셋이 둘이 혼자서 찍은 사진들이 어둠 속에서 나타났다가 사라지는 장면을 계속해서 볼 수밖에 없었다. 그것은 시간과 공간의 덧없음을 나타내는 아주 쓸쓸한 장면들이었다. 어찌 가족뿐이랴, 불교에서는 백년 사이에 온 세상이 바뀌어 변하고 나타나는 것을 거대한 런던아이(London Eye)처럼 '수레바퀴의 한 회전'에 비유한다. 백년 뒤에는 현재 지상에 살고 있는 모든 사람이 사라지고 거기 살아가는 이들은 우리가 전혀 모르는 새 사람들일 것이다. 그리고 어쩌면 사람만 모두 사라지고 앙코르와트의 흔적과도 같이 무성한 밀림과 새와 나비들만 남아 있게 될지도 모르는 일이다.

　이제 자본주의는 세계의 운명인 것처럼 보인다. 어떻게 벗어나야 할지 서로 다 알면서도, 마치 옛날 민담에 나오는 호랑이 꼬리를 잡고 달리는 소금장수 신세같이 놓을 수도 멈출 수도 없다. 파국의 여러 징조가 보이는데도 꼭 잡고 계속해서 달려야만 한다. 내가 도시 외곽의 쓰레기장에 주목한 것은 지상에 살고 있는 사람들의 현재의 삶이 끝없이 만들어서 쓰고 버리는 욕망에 의하여 지탱되고 있다는 생각 때문이었다. 보다